Das Buch

Genoveva ist Anfang 40 und ihr Liebesleben schlummert im Dornröschenschlaf. Doch dann platzt Konstantin in ihre behütete Welt. Erotische Rollenspiele wirbeln Genovevas Gefühlswelt durcheinander und schlagartig landet ihre Libido in einer pulsierenden Wirklichkeit. Sie fühlt sich wieder lebendig und begehrt. Doch ihren, auch nicht mehr ganz jungen Freundinnen, verheimlicht sie ihren geheimnisvollen Traummann und die berauschenden, sinnlichen Liebesabenteuer: Wer weiß denn schon, wohin das führt?

Empfohlenes Alter: Ab 18 Jahre

Die Autorin

Christel Schuster absolvierte eine Ausbildung zur Fachjournalistin (fjs). Sie lebt mit ihrem Ehemann und den beiden Kindern in Niederbayern. Kraft spendet der Autorin ihr christlicher Glaube. Sie reitet gerne aus, arbeitet im Garten oder verreist mit ihrer Familie. Ihr Lebensmotto: „Perfekt ist langweilig!" Christel Schuster ist dankbar für und stolz auf ihre positive Grundeinstellung: „Wenn wir uns erinnern, fallen uns immer zuerst alle Missgeschicke oder Peinlichkeiten ein. Und glücklich schätzen dürfen sich die, die darüber lachen können."

Christel Schuster

GENOVEVAS
prickelnde Geheimnisse

*Eine Frau
und ihr
abenteuerlicher
Spielgefährte*

Bibliografische Information der Deutschen Nationalbibliothek:
Die Deutsche Nationalbibliothek verzeichnet diese Publikation in der
Deutschen Nationalbibliografie; detaillierte bibliografische
Daten sind im Internet über dnb.dnb.de abrufbar.

Herstellung und Verlag:
BoD – Books on Demand, Norderstedt
Lektorat: www.deutsches-lektorenbuero.de
Gestaltung, Satz & Layout: www.nischendesign.de

ISBN: 9783744800389

Inhalt

Kapitel 1

Genovevas 41. Geburtstag

„Genoveva Agstein! Du ewige Geheimniskrämerin!"
Ihre Freundinnen Soé, Yvi und Caro zogen sie auf. Mit
hochrotem Kopf versuchte Genoveva mitzukommen.
„Eine Bergtour! Ich hasse wandern!", fauchte sie. „Gertenschlank und null Kondition!" Soé lachte: „Sport schadet dir nicht. Du solltest nicht nur über Wanderungen
schreiben, sondern auch mal selber eine machen." Das
Geschenk zu ihrem 41. Geburtstag, eine Wanderung mit
Übernachtung in einer Hütte, haute Genoveva nicht um:
Warum kein Gutschein? Oder ein Essengehen? Ihr Wiegenfest fiel auf einen Samstag im Oktober.
Ein Oktobertag wie aus dem Bilderbuch. Sonnenstrahlen bahnten sich den Weg durch die Baumwipfel. Frühmorgens starteten die vier Frauen. Bis zur Mittagsstunde
löste sich der Nebel. Soé, Yvi und Caro spazierten flott
dahin. Keine Spur von Müdigkeit oder Erschöpfung.
„Ein zauberhafter Tag!", rief Soé und fing an zu singen:
„Heidi, Heidi! Deine Welt sind die Be-er-ge!" Caro und
Yvi hakten sich unter und stimmten ein: „Heidi, Heidi!
Denn hier oben bist du zu Haus. Dunkle Tannen, grüne
Wiesen im …" „Hoffentlich frisst euch der Almöhi!",
störte Genoveva das Kinderlied. Ihre Wanderschuhe
drückten. Sie spürte Blasen an den Füßen wachsen. „Mit
wem vögelst du?", fragte Soé unverblümt. „Jedenfalls mit

keinem Wisch-Wasch-Unbekannten aus dem Internet!",
schnaufte Genoveva. Sie hockte sich auf einen Stein: „Ich
brauche eine Pause." „Trink einen Schluck!" Caro reichte
ihr eine Flasche Wasser. „Du musst doch jemanden treffen! Ein Jahr lebst du jetzt getrennt von Lorenzo", bohrte
Yvi. „Ich verabrede mich nicht. Kein Mann in meinem
Leben. Basta!" Die Unterhaltung ging Genoveva auf die
Nerven. Sie streckte die Beine aus, schloss die Augen und
lauschte erschöpft den Freundinnen.

Yvi und Soé praktizierten beziehungslosen Sex. Die
Mittdreißiger-Damen wischten sich ihre Männergeschichten auf dem Smartphone her und wieder weg. Ein
Date begann an der Wohnungstüre, gipfelte im Bett und
endete abrupt nach dem Anziehen. Soé, ein pummeliger Stöpsel von 1,54 Metern, ließ nichts anbrennen: „Ein
Wochenende ohne Orgasmus ist wie Pfannkuchen ohne
Marmelade!" „Kein Wunder, dass dir keiner bleibt! Du
hausierst mit deinen Abenteuern wie ein Mann!", sagte
Genoveva. Zig Male hatte sie versucht, ihr zu erklären,
dass das keinem Mann imponierte. „Biederes Mädchen!
Geh tanzen! In der Kirche findest du keinen Mann!", konterte Soé. Sie kannte Genovevas Kritik. Die Worte perlten an ihr ab: „Mir schmeckt es abwechslungsreich am
besten." „SexExpress", so betitelte Genoveva das Lotterleben der zwei. Warum Yvi auf den Zug aufgesprungen
war, sagte sie nicht. Aus heiterem Himmel verließ sie
vor knapp zwei Jahren ihren Ehemann Franco. Der Sex
war schlecht, begründete sie. Yvi schilderte ihr Erlebnis
vom Donnerstag: „Exorbitant, sag ich euch!" Genoveva
unterbrach: „Was gefällt dir als Geschiedene im Leben am

besten? Dass du nach Lust und Laune vögeln kannst?"
Wütend setzte Genoveva eins drauf: „Den letzten Kerl
hast du weggeschickt, weil er anders aussah als auf dem
Foto im Internet! Was bildest du dir ein?" „Er stank
fürchterlich. Ihm fehlte ein Zahn. Auf dem Bild hatte er
den Mund zu", rechtfertigte sich Yvi: „Ich schlecke mit
meiner Zunge kein Zahnfleisch!" Die Frauen lachten und
Genoveva gab klein bei.

Überhaupt nicht verstehen konnte sie Caro. Wöchentlich
besuchte sie mit ihrem Mann Sam Swinger-Clubs. Das
Stadium, sich nur zusehen zu lassen, war überschritten.
„Ich hatte Sex mit einem Brasilianer!", kicherte Caro. Sie
hatte ihn in ihre luxuriöse Villa eingeladen. „Was sagt
Sam dazu?", wollte Genoveva wissen. Caro meinte keck:
„Der findet das geil! Ich schickte ihm Fotos und er holte
sich in der Arbeit einen runter!" „Brechen wir auf. Drei
Stunden Fußmarsch liegen noch vor uns. Und eine Überraschung für dich!" Caro sprang auf und zog Genoveva
hoch. „Du musst lockerer werden. Journalistinnen sind
am Puls der Zeit. Aktualisiere dein Sexleben!" Soé lachte
und stupste Genoveva.

Missmutig stapfte Genoveva den Freundinnen hinterher.
Sie grübelte. 20 Jahre hatte die Ehe mit Lorenzo gehalten. Sie musste grinsen, vor ihrem geistigen Auge tauchten Erinnerungen auf. Ihre Mutter stand kurz vor einem
Nervenzusammenbruch, „Wer heiratet heutzutage mit
21! Viel zu früh!" Ein Jahr darauf kam Sohn Damian
zur Welt und vor 18 Jahren Tochter Mariella. Eigentlich
waren wir doch glücklich, sagte sich Genoveva. Es traf sie
wie ein Schlag, als Lorenzo vor einem Jahr seine Koffer

packte: „Unser Leben ist langweilig, es fehlt mir die Spannung. Ein Tag ist wie der andere." Genoveva konnte nicht widersprechen. Er hatte recht. Dennoch erschütterte sie sein Entschluss. Sie war davon ausgegangen, neben ihrem Mann begraben zu werden. Sogar den Grabspruch wusste sie schon: „Ewig dein, ewig mein, ewig uns." „Die Scheidungspapiere schickt dir der Anwalt", verabschiedete sich Lorenzo. Genoveva leerte den Briefkasten seitdem stets mit einem unguten Gefühl.

Bis zur Hütte sprach Genoveva kein Wort. Fünf Stunden zu Fuß bergauf hatten ihr die Kraft geraubt. Ihr Magen knurrte. Die Freundinnen hatte sie schon seit über einer Stunde aus dem Blick verloren. „Wirf dich in Schale! Setz dich zu uns an den Tisch!", rief Yvi. Die Freundinnen waren zügig vorangegangen, sie hatte sich mit weitem Abstand hinterhergeschleppt. „Auf wen wartet ihr?", fragte Genoveva, sichtlich überrascht, die Freundinnen gestylt zu sehen. „Frag nicht. Beeil dich!", forderte Soé. „Nein. Ich mag nicht. Ich verhungere." Genoveva stellte den Rucksack ab und ließ sich auf einen Stuhl fallen. Die Frauen flüsterten und Genoveva war es egal. Sie schaute sich um: „Seltsam. Eine gemütliche Stube und keine Gäste." „Auf dich und deine geile Nacht!" Caro reichte ihr ein Glas Sekt. Genoveva hob den Kopf und in der nächsten Sekunde ertönte lautstark Musik. Die Tür sprang auf. Ein Mann in Lederhose, mit nacktem Oberkörper und einer Heugabel schwirrte herein. Er kreiste die Hüften, drehte sich mit der Heugabel. Er tanzte mit ihr, wiegte sie hin und her, zog sie zwischen seine Beine. Er öffnete einen Knopf der Lederhose und schleuderte seinen Hut in Genovevas Schoß. „Er gehört dir!", gluckste Yvi. „Ihr blöden Weiber! Wo ist mein Bett?", fauchte Genoveva. „Ach komm! Ein wenig wollen wir auch von ihm haben!", sagte Caro und schubste Genoveva Richtung Stripper. Doch Genoveva verspürte nicht die geringste Lust, sich von dem fremden, eingeölten Macho anfassen zu lassen. Sie stand auf und folgte dem Schild „Schlafenszeit". Dahinter verbargen sich wohl die Betten.

In dem engen, dunklen Raum streifte sie sich ihre Schuhe ab und legte sich angezogen in ein Bett. Die Decke über den Kopf gezogen wollte sie schlafen. Lange hörte sie Musik und gellendes Lachen ihrer Freundinnen. Irgendwann schlief sie ein. Sie erwachte um sechs Uhr und schaute sich um. Caro, Yvi und Soé schliefen tief und fest. Wie und was für ein Ende die Party genommen hatte, wusste sie nicht. „Will ich auch nicht wissen!", sagte sie zu sich. Vom Hunger getrieben wälzte sie sich aus dem Bett. Verdammt. Muskelkater! Ihre Laune trübte sich ein.

Zurück in der Stube hoffte sie, etwas Essbares zu finden. „Guten Morgen. Haben Sie gut geschlafen?", begrüßte sie der Stripper. „Ja, danke", antwortete sie knapp. „Die Überraschung ist Ihren Freundinnen nicht gelungen?" Er reichte ihr eine frisch aufgebrühte Tasse Kaffee. Genoveva würgte eine bissige Antwort hinunter und fragte stattdessen: „Sind Sie auch hochgewandert?" „Nein. Es fährt eine Seilbahn. Leider nur eine frühmorgens und eine nachmittags. Ich musste in der Hütte übernachten und in einer Viertelstunde fahre ich mit der ersten Bahn runter." „Und ich mit!" Genoveva holte ihre Schuhe und den Rucksack.

Kapitel 2

Verdorbener Anstand

„Einsam war ich nicht auf der Alm." Genoveva runzelte die Stirn. Sie saß in Katharinas Büro. Die Versicherungskauffrau hatte als Wahlsennerin einen Sommer auf der Alm verbracht. Genoveva hatte sie während ihrer achtwöchigen Auszeit viermal besucht und für einen Zeitungsartikel viele Fragen gestellt: Wie lebt es sich ohne Strom? Wann beginnt der Tag auf der Alm und wann endet er? Hatten Sie Angst vor Kühen? Ist Käse machen leicht zu lernen? Was ist zu tun bei einem Notfall bei Mensch oder Tier? So lernte Genoveva den Alltag auf der Alm, zumindest tageweise, kennen. Gerne erinnerte sich Genoveva an ihre Besuche. Sie hatte sich mit Katharina auf Anhieb verstanden. Heute wollte Genoveva wissen, wie Katharina nach dem Sommer auf der Alm ihren Büroalltag empfand. „Die Burschen vom Dorf haben mich besucht. Ich habe eine Brotzeit hergerichtet, wir haben ein paar Bier getrunken und ab und zu ist einer über Nacht geblieben!", sprudelte es ohne Unterlass aus Katharina heraus. Hans half ihr, als der Brunnen verstopft war. Franz war zur Stelle, um beim Käsen zur Hand zu gehen. Und ein ganz süßer war der Anton! In Genovevas Kopf geriet das Bild einer bodenständigen jungen Frau, naturverliebt und anständig, ins Wanken. Das Liebesgeflüster interessierte sie nicht, zumal sich Katharina wiederholte: „Das dürfen Sie aber nicht schreiben." Auf dem Heimweg grübelte Genoveva über beziehungslosen Sex.

Zu Hause angekommen verkroch sich Genoveva in ihrem Arbeitszimmer. Sie schob die Gedanken um Katharina beiseite und bekritzelte gedankenverloren Notizzettel. Im Arbeitszimmer fühlte sich hielt Genoveva wohl. Sie liebte ihre Unordnung. Besonders ihre Kiste, in der sie alle Ideen sammelte. Jedes beschriebene Blatt stopfte sie obenauf und der Deckel ließ sich schon lange nicht mehr schließen. Es klingelte an der Türe. „Hallo, Jana. Sind wir verabredet?" Genoveva bat die Freundin herein. „Nein. Die Mädels haben mir von deinem Abgang auf der Hütte erzählt. Ich bin nur neugierig." Jana betrieb eine Pferdepension. Sie beteiligte sich selten an den Treffen der Mädels. Genoveva ging voraus und bedeutete Jana, ihr zu folgen. Sie bot ihr einen Platz im Arbeitszimmer an. Der rechteckige massive Eichenholztisch und die vier schweren Stühle gefielen Genoveva immer noch. Lorenzo hatte ihr das Ensemble für den Berufsstart als Journalistin geschenkt. „Kaffee?" Sie wartete die Antwort nicht ab und schenkte Jana eine Tasse ein. „Sind sie sauer auf mich?", erkundigte sich Genoveva vorsichtig. „Nein. Sie rechneten damit, dass du ausflippst", sagte Jana. Genoveva zog die Beine hoch, stützte ihre Ellbogen auf die Knie: „Wie kamen sie auf diese absurde Idee?" „Sei nicht böse. Der Stripper hätte mit dir tanzen und nicht mit dir schlafen sollen. Sie dachten, du wirst mit Alkohol lockerer. Blöd war nur, dass der Stripper eine Stunde zu früh kam." Jana schmunzelte. Offensichtlich erheiterte sie die Geschichte. „Du, was anderes. Hast du Lust, am Sonntag in einer Woche zu mir zu kommen? Ich veranstalte eine Dildo-Party", fragte Jana. „Was? Warum?", platzte es aus Genoveva heraus: „Warum lädst du nicht zu einer Tupper-Party ein oder zu einer ThermoMix-Vorführung?" „Schau, wir sind in einem Alter, da ist der Schüsselbestand komplett", erwiderte Jana. Genoveva spielte mit den Notizzetteln und zog die Stirn in Falten. Jedem Lebensbereich hatte sie eine Farbe zugeordnet. Berufliches schrieb sie auf gelbe Zettel. Alles, was ihre Kinder betraf, formulierte sie auf blauem Papier. Die blauen Notizen wurden zunehmend weniger. Die beiden jungen Leute beschritten mit ihren Studien eigene Wege. Was im Haushalt und Garten zu erledigen war, das merkte sie sich mit grünen Zetteln. Die roten Notizstreifen waren bis vor einem Jahr für ihren Mann reserviert. Genoveva atmete tief durch. Sie seufzte und als sie die Luft ausblies, löste sich vom roten Stapel eine kleine Staubwolke. „Genauso verstaubt und vertrocknet wie du", scherzte Jana. „Na schön, ich komme", raunte Genoveva. Jana verabschiedete sich.

Genoveva klappte ihr Laptop auf. Ohne Ziel surfte sie im Netz. „Wie es wohl wäre, jemanden online zu daten?" Genovevas Prinzipien behielten die Oberhand. Sie wollte sich auf keinen Fall anbiedern. Sie grübelte, wie es sich anstellen ließe, das auszuprobieren, was Soé und Yvi täglich praktizierten, ohne Gesicht zeigen zu müssen. „Google kann hellsehen", dachte sie, am Bildschirmrand blinkte eine Anzeige auf: „Nie mehr einsam." Ein gewerblicher Sex-Chat. Genoveva zögerte nicht. Sie registrierte sich beim erstbesten Portal. Die Anforderungen erfüllte sie leicht. Den mickrigen Verdienst nahm sie in Kauf, es ging ihr nicht ums Geld, vielmehr um die Erfahrung. Vielleicht würde sie als Sex-Chatterin besser verstehen, warum Menschen den virtuellen Weg für die Liebe suchten. Das geschriebene Wort lag ihr im Blut und ihre blühende Fantasie überraschte sie. Cybersex von sinnlich bis schmutzig, jede Kategorie schmückte eine sexy Dame. „Hauptsache Name und Bild von mir tauchen nicht auf." Versteckt hinter vollbusigen Sexbomben ließ Genoveva ihre Finger über die Tastatur gleiten. Einzige Anforderung des Betreibers: „Nichts Persönliches! Keine Treffen!" Die Abzocke funktionierte. Angemeldete Männer bezahlten für eine Frau, die ihre sexuellen Leidenschaften angeblich teilte. Was die Männer allerdings nicht wussten: Jede Antwort kam von einer anderen Frau. Genoveva hatte etwa drei Sekunden Zeit, die Antwort des unbekannten Gegenübers zu lesen, innerhalb derselben Zeit auf dessen Wünsche einzugehen und „Enter" zu drücken. Sie landete im nächsten Chat, bei einem anderen Mann mit anderen Wünschen. Etwa eine Woche schwirrte Genoveva als Cyber-Tipse durch das Netz.

Ihr Fazit: Ob pervers oder nicht, Natursekt schlürfen, eine Nutellakackfrau reiten – ihr sucht im Grunde genommen eine Frau, die eure Lust real teilt. Bei Männern, die ihren Orgasmus frisch erlebt hatten und deren Erregung abflammte, tauchten ununterbrochen persönliche Fragen auf. Manche bettelten um ein Treffen. Genoveva kündigte ihren unrentablen Nebenjob: Haken setzen. Schlaue Ergüsse gewann sie dem Tagesablauf einer Sex-Chat-Schreiberin nicht ab.

„Hallo, Genoveva! Komm herein!" Mit einem aufgezwungenen Lächeln folgte Genoveva Jana ins Wohnzimmer. Sie setzte sich zu Soé, Caro und Yvi. Die anderen Frauen kannte Genoveva nur vom Sehen. Jana reichte ihr ein Glas Prosecco: „Trink einen Schluck! Das wird bestimmt ein lustiger Abend! Lass dich überraschen!" Mit einem Zug leerte Genoveva das Glas und ihr Blick verharrte auf dem Wohnzimmertisch. Ich habe tatsächlich Nachholbedarf, gestand sie sich ein. „Schau nicht wie ein Unschuldslamm, da ist bestimmt auch für dich etwas Interessantes dabei!", frotzelte Soé und wedelte mit einem pinkfarbenen Vibrator vor Genovevas Gesicht herum. Jana klatschte in die Hände: „Meine Damen, darf ich vorstellen, unsere Dildofee Katharina." Genoveva schloss für einen Moment die Augen. Ihre Wahlsennerin würde sie heute über ein Liebesleben, angereichert mit Toys, aufklären. Sie atmete tief durch, drückte sich fester in die Couch und beschloss, keine vorschnellen Schlüsse zu ziehen. Katharina verteilte Bestellscheine, erklärte, wo die Kreuzchen zu machen sind, und wies auf die Vorkasse hin. Im Laufe des Abends floss der Alkohol in Strömen, das Surren der Vibratoren übertönte das Gelächter der Frauen, und Genoveva fühlte sich wie ein Asket unter Hedonisten.

Zunehmend lockerten sich die Zungen und Genoveva hörte Details, die sie nicht wissen wollte. Katharina beschrieb die Vorzüge aller Vibratoren, mit und ohne Klitoris-Stimulation, kleine Kraftpakete für die Handtasche für den schnellen Orgasmus unterwegs, Vibrationseier mit und ohne Fernbedienung. „Mädchen! Macht die Beine breit und probiert das aus!" Katharina reichte einen

Auflegevibrator durch die Reihen und mahnte scherzhaft: „Die Hose müsst ihr anbehalten!" Genoveva schwirrte der Kopf und sie drückte das Gerät kommentarlos Soé in die Hand, ohne sich das Teil zwischen die Beine gepresst zu haben. Lediglich das Thema Anal überzeugte keine der Damen. Obwohl sich Katharina wirklich Mühe gab und für Anfänger einen Analdehner vorstellte. Genoveva zwickte unwillkürlich bei dem Gedanken daran ihr Rektum zusammen, und als eine der Frauen rief: „An meinen Arsch, da kommt nur Klopapier!", musste sie lachen. Der Abend war weit fortgeschritten. Es überraschte Genoveva, wie eifrig die Damen bestellten, und noch mehr, wie viel Geld sie bezahlten. „Hey, was für ein Exemplar hat es dir angetan?" Soé stupste Genoveva leicht in die Seite: „Probiere den aus! Erhältlich in verschiedenen Farben." Keine Antwort abwartend stand Soé auf und übergab Katharina ihren Bestellschein, das Geld hatte sie abgezählt in der Hand. Genoveva grübelte: Wäre ich jetzt bei einer Tupperparty, würde ich eine Schüssel kaufen, ob ich sie brauche oder nicht. Widerwillig setzte Genoveva ein Kreuzchen beim allerbilligsten Vibrator. Sie entschied sich für die rosarote Ausführung. „Bitte sagen Sie meinem Chef nicht, dass ich eine Dildofee bin! Ich muss mein Konto auffüllen, um den unbezahlten Urlaub auf der Alm aufzufangen", flüsterte ihr Katharina ins Ohr.

Kapitel 3

Frech und taktlos

„Tu mir den Gefallen, geh da hin!", winselte Thorben in das Telefon. Seit zehn Minuten versuchte er, Genoveva zu überreden, an seiner Stelle über eine Veranstaltung zu berichten. Eine Grippe fesselte den Kollegen ans Bett: „Es geht um das Thema Mindestlohn. Es ist eine Podiumsdiskussion." „Von mir aus. Du schuldest mir was!" Sie packte ihre Tasche und fuhr los. Es widerstrebte ihr, unvorbereitet auf einen Termin zu gehen. Mit einem mulmigen Gefühl in der Magengrube akkreditierte sie sich am Empfang. „Sie sind knapp dran", säuselte die Rezeptionistin: „Ich muss sehen, ob ich noch einen Platz für Sie ergattern kann." Überhebliche Kuh!, maulte Genoveva in Gedanken, sagte aber: „Herzlichen Dank. Sehr aufmerksam." Die Hotelangestellte notierte Genoveva die Platznummer: „Gehen Sie hier entlang." Genoveva steckte ihren Presseausweis in die Manteltasche und marschierte los, als sie jemand unsanft von der Seite anrempelte. Sie drehte sich um, wollte sehen, von wem der Schubs kam. Sie hatte ein „Macht nichts!" auf den Lippen, denn sie erwartete eine Entschuldigung. Stattdessen tönte es neben ihr: „Hallo. Wer bist du?" „Ma... hm." Genoveva verhaspelte sich. Sie starrte in zwei strahlend blaue Augen. „Wie heißt du?" „Genoveva", stammelte sie, verlegen wie ein Schulmädchen. Beim Nachnamen kam sie nur bis zur Hälfte: „Agst…" „Prima", antwortete der fremde Mann. Er strich sich durch seine schulterlangen, rabenschwarzen Locken: „Bist du alleine da?" Sie war es nicht gewohnt, dass man ihr Fragen stellte, üblicherweise war das ihr Part: „Ja." Der Mann überragte sie um einen Kopf und fragte munter: „Bist du vergeben?" Genovevas Kopf war wie leergefegt: „Äh. Nein." „Gibst du mir deine Telefonnummer? Ich rufe dich an und wir machen was aus!" Perplex suchte Genoveva nach einer Visitenkarte. „Bis dann!" Der Mann verschwand. Sie schaute ihm hinterher, bis sie ihn nicht mehr sah. *Habe ich ihm wirklich meine Nummer gegeben?* Es kostete Genoveva Mühe, den Rednern auf dem Podium zu folgen.

Er hatte es getan! Das Herz schlug Konstantin bis zum Hals. Bernd klopfte ihm auf die Schulter: „Siehst du. War gar nicht schwer." „Ich bin gespannt, ob die unhöfliche Masche von Erfolg gekrönt sein wird." Sven fand die Idee, eine wildfremde Frau anzurempeln und nach ihrer Nummer zu fragen, blöd. Konstantin zog Frauen magisch an. Reihenweise hatte er Affären. „Ich habe die Schnauze gestrichen voll. Ich will kein Vorzeige-Püppchen. Was ich will, ist eine Frau", beklagte er sich bei seinen Freunden: „Nicht eine hat es geschafft, treu zu sein. Ich weiß, ich arbeite viel. Aber nur mein Geld ausgeben und sich anderweitig vergnügen, damit ist jetzt Schluss." „Hast du Mel darüber informiert?", hakte Sven nach. „Ja. Die habe ich gestern ein letztes Mal gevögelt. Wollte wieder Geld." Konstantin trommelte mit den Fingern auf seinen Oberschenkel: „Verflixt! Ich sehe sie nicht." *Ihr Blick schien sich trotz der wenigen Sekunden in sein Gehirn einge-*

brannt zu haben. Sie gefiel ihm: „Blond, blaue Augen, sportliche Figur, genau mein Typ." Gleich am nächsten Tag wollte er ihr eine SMS schreiben.

„Hallo, Fräulein Zugenäht!" Typisch Soé, dachte Genoveva. Sie überhörte die Anspielung und setzte sich zu den Freundinnen an den Tisch. „Zeigt mir eure Zettel", verlangte Genoveva und legte ihren auf den Tisch. Sie trafen sich alle zwei Wochen und jede schrieb ein Thema auf, über das sie sprechen wollte, oder ein Wort, das ihr zu dem Buchstaben einfiel. Jana hatte die Idee vor vier Jahren gehabt: „Das Jahr hat 52 Wochen. Das Alphabet 26 Buchstaben. Wir arbeiten uns von Buchstabe zu Buchstabe durch!" In der 44. Kalenderwoche sollte das der Buchstabe V sein. „Vibrator" stand in Druckbuchstaben auf Janas Zettel: „Wie hat euch die Dildo-Vorführung gefallen?" „Wann werden die Dinger geliefert?", wollte Caro wissen. „Sam und ich können es kaum erwarten!" Auch Soé und Yvi fragten nach. „Dauert leider noch", antwortete Jana. „Schauen wir, über was Genoveva reden will!" Caro nahm ihren Zettel und las „Vatikan". „Ja die Schweizergarde interessiert mich auch!", rief Soé. „Du wieder! Wir könnten eine Städtereise machen und Rom besichtigen!", erklärte Genoveva. „Eine gemeinsame Reise, ja, dafür könntest du mich begeistern." Caro gefiel die Idee. „Bei mir sieht das schlecht aus. Wegen den Pferden." Jana lehnte ab und griff nach Yvis Zettel: „Versicherung". „Mädels, kurz vor Jahreswechsel sollten wir eure Versicherungen checken." Yvi wies auf ein unbeliebtes Thema hin. Als Bankkauffrau kümmerte sie sich um die Finanzen der Freundinnen. „Wusstet ihr, dass Katharina in einem Versicherungsbüro arbeitet?", warf Genoveva in die Runde. „Die Dildo-Frau?", hakte Soé nach. „Du hast über sie geschrieben. Sie verbrachte einen Sommer auf der Alm. Ich habe davon gelesen", bestätigte Jana. „Versicherungen sind ihr wohl zu trocken und sie braucht Abwechslung." Soé verbrüderte sich sofort mit Katharina. „Völkerwanderung", darüber wollte Caro sprechen. Mit dem Flüchtlingsstrom nach Deutschland hatte sie angefangen, sich ehrenamtlich zu engagieren. Vor ihrer Heirat hatte sie Deutsch am Gymnasium unterrichtet. Sam sah es lieber, dass Caro zu Hause blieb. Ihre Freizeit füllte Caro mit ehrenamtlichen Aufgaben. Sie lehrte Flüchtlinge die deutsche Sprache. Das Thema Flüchtlinge beschäftigte die Freundinnen oft. Jede hatte Caro ihre Unterstützung zugesagt, allerdings mehr in Form einer Spendenbereitschaft denn als aktive Hilfe. „Nanu? Bei dir hätte ich mit Vagina oder Vögeln gerechnet!" Demonstrativ verwirrt reichte Jana Soés Zettel weiter: „Vegetarier". „Ich muss abnehmen. Fleisch und Wurst sind bald tabu", sagte Soé. Die Frauen lachten. „Dafür schmeckt dir dein Steak aber prima!" Yvi lächelte über Soés Vorsatz. „Die paar Wochen rentiert sich das nicht mehr. Ab 1. Januar lebe ich gesund." Außer Soé glaubte keine daran. „Apropos neues Jahr. Was machen wir Silvester?", fragte Jana.

Kapitel 4

Scherben zum Jahresende

Nichts. Genoveva wusste nichts von dem fremden Mann. Und sie ärgerte sich mittlerweile maßlos darüber, dass sie ihn nicht vergessen konnte. Immer wieder erlebte sie in Gedanken das kurzweilige Aufeinandertreffen. „Unhöflicher Kerl! Ohne jeden Funken Anstand!" Obwohl das regelmäßig ihre ersten Gedanken waren, wurde sie den Fremden innerlich nicht los. Wie ein schlechter Ohrwurm sauste er in ihrem Kopf hin und her. Sie hätte sich so gefreut, wenn er ihr geschrieben hätte. Ihr Ärger schlug um in Traurigkeit und sie erfand tausend Geschichten, warum er es nicht schaffte, sich zu melden. Es fiel ihr schwer, die Gedanken an ihn beiseitezuschieben. Sie ermahnte sich: Besser ich denke an meine Zukunft! Das wird ohnehin nicht leicht. Statt über die Scheidungswünsche von Lorenzo nachzudenken, verplemperte sie ihre Energie mit Gedanken an den mysteriösen Fremden.

Lorenzo kam sie besuchen. Er wollte mir ihr über die Zukunft reden. „Lass uns Freunde bleiben. Du kannst das Haus behalten. Ich übernehme alle Nebenkosten und unterstütze dich monatlich, so wie bisher auch." Genoveva traute ihren Ohren nicht. Lorenzo saß ihr in der Küche gegenüber. Er wirkte nervös. Genoveva hatte es bisher vermieden, darüber nachzudenken, wie es weitergeht, falls Lorenzo keinen Unterhalt mehr zahlen musste.

Für beide war es kein Geheimnis, dass sie sich Haus und Garten nicht leisten konnte. „Ich reiche die Scheidung nicht ein", sagte Lorenzo. „Ich auch nicht", antwortete Genoveva. Sie stellte nicht eine Frage, warum er sie so großzügig bedachte.

„Du kannst Schinken, Paprika und Tomaten in Würfel schneiden." Dankend nahm Soé Genovevas Hilfe an. Die Freundinnen wollten am Silvesterabend Raclette essen und später von Soés Wohnung aus in die Stadt gehen. Soé entkorkte die erste Flasche Sekt und erkundigte sich nebenbei nach Genovevas Liebesleben. Genoveva zuckte mit den Mundwinkeln, kurz versucht, Soé von ihrem Reinfall mit dem mysteriösen Mann vor rund drei Wochen zu berichten. Stattdessen erzählte sie von Lorenzos Angebot. „Hört sich an, als wolle er sich freikaufen", meinte Soé und reichte ihr ein Glas Sekt. Sie verriet Genoveva, dass sie unlängst mit den Schattenseiten ihrer Lust konfrontiert wurde. Zerknirscht gab Soé zu, dass sie sich mit Chlamydien infiziert hatte. Von wem, das konnte sie nicht näher eingrenzen. Das Thema endete abrupt, als es an der Türe klingelte und Genoveva sich bereiterklärte zu öffnen. Eine total verheulte Yvi stolperte herein. Genoveva begleitete das kleine Häufchen Elend in die Küche und schob ihr einen Stuhl zurecht. „Warum weinst du?", wollte Genoveva wissen, doch was Yvi unter Schluchzen und Tränen herausbrachte, war kaum zu verstehen. Genoveva und Soé nahmen Yvi in den Arm und ließen sie weinen. Die letzte Träne wischte sich Yvi nach knapp einer halben Stunde aus dem Gesicht und völlig fertig stammelte sie: „Franco wird Papa!" Genoveva und Soé wechselten einen verwirrten Blick, keine der beiden verstand, warum es Yvi so mitnahm, dass ihr Exmann Vater wurde. Franco hatte schon immer ein Kind haben wollen, und Yvi war diejenige, die sich mit der Mama-Rolle nicht identifizieren konnte. Über ein Jahr hatte sie Franco mit fadenscheinigen Ausreden hingehalten, weil ihr schlichtweg der Mut fehlte, ihm die Wahrheit zu sagen. Etwa ein halbes Jahr, bevor sie ihm ihren Scheidungswunsch auf den Tisch knallte, hatte sie ihm sogar einen Welpen geschenkt, in der Hoffnung, er würde endlich Ruhe geben. Und das, obwohl Yvi so ziemlich alle Tierrassen, egal ob mit Fell, Federn oder Schuppen, hasste.

Erneut schellte es an der Türe und Soé machte auf, um Caro hereinzubitten. Wie ein Wirbelwind flitzte Caro in die Küche, hüpfte auf den Tisch und warf ihren Kopf in den Nacken. Sie riss ihre Arme in die Höhe und rief aus Leibeskräften: „Ich bin schwanger!" Keine Reaktion. Caro blickte nach unten und schaute in drei bedrückte Gesichter. „Ich dachte, ihr freut euch für mich." Caro hüpfte vom Tisch und ließ sich enttäuscht auf einem der Stühle nieder. Caro und ihr Mann Sam versuchten seit mehr als vier Jahren, ein Baby zu bekommen. Caro litt an Morbus Crohn, einer chronischen Entzündung des Magen-Darm-Traktes. Sämtliche Ärzte rieten den beiden davon ab, ein Kind zu bekommen, nicht zuletzt, weil Caro auch nicht mehr die Jüngste war. Es herrschte Stille, bis es erneut klingelte. „Das muss jetzt Jana sein", sagte Genoveva und kehrte der Küche den Rücken, um die Türe zu öffnen. Jana drückte Genoveva und steckte ihr ein Päckchen zu. „Hier, das gehört dir. Tut mir leid, aber ich hatte keine Zeit, es dir vorbeizubringen. Sorry." „Danke", stammelte Genoveva und Jana merkte, dass ihre Freundin keine Ahnung hatte: „Dein Vibrator, Herzchen!" Jana lachte und ging schnurstracks in die Küche. Genoveva ließ die Türe langsam ins Schloss fallen und lehnte sich daran. Sie spielte mit dem Päckchen und überlegte, ob sie es öffnen sollte. Sie hatte überhaupt nicht mehr daran gedacht. Nein, absolut unpassender Moment. Sie ließ das Päckchen in die Tasche gleiten. Langsam setzte sie sich in Bewegung und gesellte sich zu ihren Freundinnen. Puh, das wird ein anstrengender Jahreswechsel, prophezeite sie sich. Wenn ich die Schicksalsschläge der Freundinnen aufaddiere, dann habe ich direkt Glück, dass sich der unbekannte Rempler einfach nicht gemeldet hat.

Die Küche glich einem Schlachtfeld. Überall geöffnete Dosen, rohes Fleisch, Brotkrümel am Boden, benutztes Geschirr, so weit das Auge reichte, und das ungebrauchte Raclette-Gestell. Jede hing ihren Gedanken nach und es wollte keine Silvesterstimmung aufkommen. Jana, eine Frohnatur, fasste sich ein Herz: „Erzählt der Reihe nach, was los ist." Sie reichte Yvi ein Taschentuch. Yvi schnäuzte sich lautstark und erneut kullerten ihr dicke Tränen über die Backen. Zögernd gestand sie den Freundinnen, dass sie auch nach ihrer Scheidung ab und zu mit Franco in die Kiste gehüpft war. Für ihn war sie seine Traumfrau. „Ich nutzte das schamlos aus. Irgendwie wollte ich ihn nicht verlieren. Wenn ich alt bin, wollte ich mit ihm auf der Couch sitzen." Seufzend legte sie ihren Kopf auf den Tisch und vergrub ihn unter ihren Armen. Franco hatte nachmittags bei Yvi angerufen, um ihr zu sagen, dass er sie nicht mehr wiedersehen wolle. „Wo ist Sam?", fragte Genoveva nach dem Verbleib von Caros Ehemann. „Er verbringt die Silvesternacht im Swinger-Club und lässt es noch mal so richtig krachen", gab Caro ohne jede Gefühlsregung bekannt. Sie schnappte sich eine Olive und steckte sie in den Mund. „Und du? Diesmal nicht mit von der Partie?", hakte Soé nach. Vor ihrer Beziehung mit Sam war Caro aus Überzeugung monogam gewesen. Untreu war sie gegenüber ihrem eigenen Aussehen. Wie das Wetter im April wechselte sie ständig Haarfarbe, Haarlänge oder ihren Kleidungsstil. Es kam vor, dass die Freundinnen Caro beim 14-tägigen Treffen nicht auf den ersten Blick erkannten. Erst mit Sam flammte ihre Leidenschaft für die freie Sexualität auf. „Mit dem Baby im Bauch möchte ich keinen anderen Schwanz in mir stecken haben!", begründete Caro, warum sie zu den Freundinnen gekommen war. Sams Aufenthalt im Swinger-Club kommentierte sie nicht, auch die Freundinnen unterließen es. Genoveva räusperte sich und stupste Soé an. Diese senkte den Blick: „Ich hole uns noch eine Flasche Sekt." Genoveva kapierte, dass Soés Chlamydien kein Thema waren. „Was gibt es bei dir Neues?", fragte Jana und zupfte Genoveva einen Fussel vom Pullover. Genoveva erzählte von Lorenzos Vorschlag. „Dann brauchst du dir zumindest finanziell keine Sorgen zu machen." Yvi kannte Genovevas Finanzen: „Sei dankbar und froh. Mit deinem monatlichen Verdienst kommst du nicht weit." „Und solange du nicht geschieden bist, brauchst du deinen funkelnden Ehering nicht abzunehmen!", stellte Jana fest. Sie wollte Genoveva bloß necken, doch der Satz traf sie wie ein Blitz. Beschämt betrachtete sie ihre rechte Hand: Ist das vielleicht der Grund, warum mir der fremde Mann nicht geschrieben hat? Kurz nach Mitternacht verabschiedeten sich die Freundinnen, und keine von ihnen wollte in der Innenstadt abfeiern.

Genoveva betrat ihr Haus, stellte die Tasche ab und schlüpfte aus ihren Schuhen. Sie wollte schon ins Badezimmer gehen, da fiel ihr Janas Päckchen ein. Sie nahm es aus der Tasche und ging damit in die Küche. Sie schenkte sich ein Glas Weißwein ein und zündete sich eine Zigarette an. In Zeitlupe öffnete sie die Schachtel. „Prüde Kuh, das Ding wird dich nicht anspringen!", schalt sie sich. Sie holte den Vibrator aus der Schachtel, befreite ihn vom umwickelten Papier und wollte ihn einschalten. Nichts, kein Brummen, kein Surren, kein Vibrieren. Typisch für mich, dachte Genoveva genervt und drehte den rosaroten Schwanzersatz in ihren Händen. Batterien! Meine Güte, dass mir das nicht gleich eingefallen ist! Sie setzte die Batterien ein und spazierte ins Wohnzimmer. Sie blieb stehen: Vorsichtshalber lasse ich die Rollos runter. Sie streifte sich ihre Jeans ab und schlüpfte aus ihrem schwarzen String. Dann schnappte sie sich eine Wolldecke und legte sich auf die Couch. Sie zog die Knie an und machte die Beine breit. Etwas genervt zupfte sie an der Decke, um genügend Raum zwischen Decke, Beinen und Vagina zu schaffen. Sie drehte den Vibrator bis zum Anschlag auf und näherte sich damit ihrer Klitoris. „Huch!" Genoveva zuckte zusammen – gerade so, als hätte sie einen kleinen Stromschlag erhalten. Ganz schön intensiv!, befand sie und drehte runter auf Stufe eins. Sie versuchte es erneut und stupste, diesmal sehr vorsichtig, ihren kitzligen Lustpunkt an. Das hervorgerufene Gefühl konnte sie weder als schön noch als nicht schön einordnen. Irgendwie tat ihr die Reibung fast ein wenig weh. Mhhh. Sex ist auch nur gut, wenn Frau richtig feucht ist. Genoveva spuckte auf ihren Zeigefinger und verrieb die Spucke auf ihrer Perle: Ja, schon viel angenehmer. Genoveva schloss die Augen. Vor ihrem geistigen Auge tauchte der mysteriöse Fremde auf. Genoveva träumte sich seinen Kopf zwischen ihre Beine und plötzlich spürte sie nicht mehr das rosarote Plastikteil, sondern seine Zunge. Wie von selbst hob sich ihr Becken und reckte sich ihrer regungslosen Hand, in der nur der Dildo vibrierte, entgegen. Wie elektrisiert spürte Genoveva seine Zunge um ihr Lustknöpfchen kreisen und meinte, es seien seine Hände, die ihren Po leicht anhoben. Ihr Körper spannte sich an und ein leises Stöhnen entwich ihrer Kehle. Sie spürte ein lustvolles Zucken zwischen den Beinen und der Fremde flüsterte: „Soll ich weitermachen? Gefällt es dir?" „Ja!", seufzte Genoveva und ihr Herz raste. Eine Hitzewelle durchströmte ihren Körper. Sie hatte sich nicht mehr unter Kontrolle und ein ziehendes Gefühl breitete sich in ihrem Beckenboden aus. Der Fremde presste seinen Mund fester auf Genovevas Klitoris und drang mit seiner Zunge in ihre Vagina ein. Sie spürte ein wahres Feuerwerk zwischen ihren Beinen und innerhalb weniger Sekunden entlud sich ihre Anspannung. Jetzt nur nicht nachdenken! Genoveva machte den Vibrator aus, rollte sich zur Seite und schlief ein.

Kapitel 5

Ungehobelt und attraktiv

Intensive Recherchearbeiten hielten Genoveva in der ersten Januarwoche auf Trab. Im Dezember hatte eine Grundschulklasse für Furore gesorgt. Ihre Lehrerin besichtigte mit den Kindern eine Metzgerei mit Schlachtbetrieb. Unterschiedliche Ansichten der Eltern prallten aufeinander, lösten hitzige Diskussionen aus: „Können Kinder den Tod von Tieren verkraften?" Genoveva sollte das Thema „Wie kommt das Schnitzel auf den Teller?" aus allen Blickwinkeln beleuchten. Auch, ob Kinder Fleisch und Wurst mehr schätzen, wenn sie wissen, wo es herkommt. Im Amt für Ernährung, Landwirtschaft und Forsten sprach sie darüber mit dem Behördenleiter. Zum Parkplatz musste Genoveva etwa 20 Minuten laufen. Wegen Bauarbeiten waren die wenigen freien Parkplätze vor der Haustüre den Beamten vorbehalten. Es war eisig kalt und sie entschied sich, einen Kaffee zum Mitnehmen zu kaufen. Damit wärme ich mir unterwegs die Hände. Sie hüpfte in die erstbeste Bäckerei am Stadtplatz und stellte sich an. Mit klammen Fingern kramte sie nach Kleingeld im Portemonnaie. „Hallo. Wie geht's?" Jemand tupfte Genoveva auf die linke Schulter. Sie drehte sich um und traute ihren Augen nicht: Es war ihr Fremder! „Was darf es bei Ihnen sein?" Nur vage nahm Genoveva die Stimme der Verkäuferin hinter dem Tresen wahr. Sie drehte sich

erneut und sagte zur Verkäuferin: „Äh, gut. Danke."
„Schön, und was soll es nun sein?", erwiderte diese mürrisch. „Für mich einen Kaffee", bestellte der Unbekannte und drängelte sich vor. Die Verkäuferin scherte sich nicht um Genoveva, bediente ihn zuerst. So ein Arschloch!, dachte Genoveva. Mit gesenktem Blick und Kaffeebecher verließ sie wenig später die Bäckerei. Jemand hielt ihr die Türe auf und sie stammelte ein Dankeschön.

„Warte!" Genoveva drehte sich um, es war das Arschloch. Nur keine Gefühlsregung zeigen! Wenn ich jetzt weitergehe, weiß er, dass ich mich geärgert habe! Sie blieb stehen, setzte ein Lächeln auf und würgte ein aufgesetztes „Hallo!" heraus. Oh Gott, mein Ehering!, schoss es ihr durch den Kopf und in Windeseile steckte sie ihre rechte Hand in die Manteltasche. Der Mann kam langsam auf Genoveva zu und blieb gefährlich nahe vor ihr stehen. „Hast du noch die gleiche Nummer?", fragte er und zwinkerte mit einem Auge. Der hat Nerven! Genovevas Herz schlug bis zum Hals, sie rang um Fassung. Ihr Kopf war wie leergefegt und genau wie vor zwei Monaten antwortete sie schulmädchenhaft: „Ja." „Schön. Ich melde mich bei dir. Deine Karte habe ich ja." Charmant lächelte er Genoveva an und wünschte ihr einen schönen Tag, machte auf dem Absatz kehrt und ging in die andere Richtung davon.

Was für ein Zufall! Konstantin konnte es kaum glauben, er hatte sie wiedergesehen. Kein Tag war vergangen, an dem er nicht an sie gedacht hätte. Blödsinnigerweise hatte er den Rat von Bernd befolgt und ihr am nächsten Tag keine Nachricht geschrieben. „Lass sie zappeln, Frauen wie die haben zu viel Auswahl! Mach dich interessant, steh nicht bei Fuß!" Hundert solcher Sätze überzeugten Konstantin letztendlich. Es verging ein Tag um den anderen und jeden Tag nahm er ihr Kärtchen in die Hand. Doch je mehr Zeit verging, desto weniger wusste er, was er hätte schreiben sollen. Schließlich hatte ihn der Mut verlassen. „Und dann benehme ich mich wie ein Vollpfosten!", schimpfte Konstantin mit sich. Er hatte sie sofort an ihrem Duft erkannt, und als sie sich umdrehte und er in ihre Augen blickte, da war es vorbei mit große Reden schwingen. Er wollte sich nicht vordrängeln und hätte ihm sein Mund gehorcht, hätte er sie auf einen gemeinsamen Kaffee eingeladen. Dass ihm Genoveva ausgerechnet heute über den Weg gelaufen war! Er hatte es eilig, weil er mit Sven und Bernd zum Abendessen verabredet war. Sollte er seinen Freunden von dem zufälligen Wiedersehen erzählen? Nein, lieber nicht. Bernd war ein eingefleischter Junggeselle. Für ihn waren Frauen – insbesondere hübsche Frauen – kraftzehrende Wesen, die zu viel Zeit beanspruchten. Er holte sich das, was er brauchte, im „Herzchen-Häuschen", seine Umschreibung für ein Bordell. „Die richtet dir deinen Schwanz auf, macht so ziemlich alles, was du willst. Du bezahlst und kannst ohne irgendeine Verpflichtung wieder gehen." Ab und zu versuchte Bernd, seine beiden Freunde zum Mitgehen zu bewegen. Sven überhörte das geflissentlich, er liebte seine Frau Amy und außerehelicher Sex war ein Tabu für ihn. Konstantin war eigentlich ein Romantiker, doch seine verflossenen Freundinnen waren allesamt „ein Griff ins Klo", nach Bernds Meinung jedenfalls. Seine letzte Freundin Mel inbegriffen. Nein, sagte er sich, Genoveva bleibt mein Geheimnis. Konstantin betrat das Lokal und ging seinen Freunden entgegen. Sie warteten schon auf ihn.

Kapitel 6

Jana und Jakob

Genoveva donnerte den vollen Kaffeebecher in den nächsten Abfalleimer. „So ein eingebildeter Esel! Was glaubt der, wer er ist?", polterte sie zornentbrannt los. Eine Hitzewallung durchfuhr ihren Körper und sie spürte die Kälte nicht mehr. Beim Aufprall löste sich der Deckel vom Becker und der heiße Kaffee spritzte auf Genovevas weißen Mantel: „Mist! Alles wegen dem Arschloch!" Ihre Gedanken überschlugen sich und sie wusste nicht, was sie am meisten ärgerte. So ein Rüpel! Pah! Und wenn er der letzte Mann auf Erden wäre, im Leben nicht! Wütend marschierte sie zu ihrem Wagen. Trotzdem schossen ihr Bilder in den Kopf aus der Zeit, als er noch ihr mysteriöser Fremder war. Seit der Silvesternacht erlebte sie Abend für Abend unbeschreiblich schöne Orgasmen, an denen er, neben dem Vibrator, wesentlich beteiligt war, wenn auch nur in ihrer Fantasie. Völlig außer Atem setzte sie sich in ihr Auto. Sie massierte ihre Ohrläppchen. Gewöhnlich beruhigte sie das. Heute klappte es nicht. Aus Angst, sich ihre Ohrläppchen durchzureiben, beschloss sie, Jana zu besuchen.

„Da hatte jemand einen schlechten Tag?" Jana kannte Genoveva gut und ihr griesgrämiger Gesichtsausdruck verriet, dass die Freundin heute körperliche Arbeit brauchte, um abzuschalten. „Schnapp dir eine Schubkarre und beginne in der letzten Box mit dem Einstreuen. Wir haben die Pferde entwurmt und die Ställe komplett ausgemistet." Jana machte sich nicht die Mühe, Genoveva nach dem Grund ihrer schlechten Laune zu fragen, denn sie würde ohnehin nichts sagen. Genoveva marschierte missmutig über den Hof, holte sich eine Schubkarre und fuhr damit in die Scheune. Schwungvoll verfrachtete sie einen zusammengepressten Ballen Sägespäne in die Karre und kutschierte diesen in die besagte Box. Ungeschickt katapultierte sie den Ballen hinein, riss die Plastikfolie auf und griff zur Mistgabel. Sie stocherte wie eine Wilde auf dem Ballen herum. Nicht einmal das klappt heute! Normalerweise zerfielen die Ballen wie von selbst und die Streu brauchte nur verteilt zu werden. Genoveva setzte die Gabel unsanft in der Ecke ab und begann, den Ballen mit ihren Händen zu bearbeiten. Wie eine Katze, die sich ein Erdloch schaufelt, um ihr Geschäft zu verrichten, scharrte Genoveva an dem Ballen. Hinter ihr flogen die Späne durch die Luft. „Dein Tag war wohl richtig übel!", lachte Jana und Genoveva hielt inne. „Die letzte Lieferung hat leider den mitbezahlten Qualitätsstandard nicht erfüllt", witzelte Jana und kam in die Box. Sie kniete sich neben Genoveva und begann ebenfalls mit den Händen den Ballen zu zerbröseln. Die Freundinnen gingen behutsam zu Werke und wie von selbst automatisierten sich ihre Hände. Je schneller sie am Ballen kratzten, ihn drehten und weiter die Späne zerbröselten, desto mehr kleine Späne sausten durch die Luft und sanken langsam nieder. „Wir sind Frau Holle!", scherzte Jana und schubste Genoveva in den aufgelockerten Berg Späne. „Und du bist ganz schön frech!", erwiderte diese und zog die Freundin zu sich. Sie lagen in der Pferdebox und lachten. Die Frauen stützten sich mit den Unterarmen ab und streckten die Köpfe in die Höhe. Genau in diesem Augenblick ging Jakob, Janas Stallmitarbeiter, an der Box vorbei. Er warf den beiden einen Blick zu und verharrte kurz in seiner Bewegung. „Hat er etwa gelächelt?", fragte Genoveva. Jakob war vor zwei Jahren auf Janas Hof gekommen. „Das ist Jakob. Er kommt frisch aus dem Gefängnis. Er arbeitet ab heute auf dem Hof mit, Resozialisierungsmaßnahme. Jakob ist stumm." Jana hatte damals zu einer ersten und letzten Versammlung aller Untersteller eingeladen. In knappen Worten stellte sie Jakob vor. Keiner der 50 Pferdebesitzer sagte ein Wort. Alle waren gefangen von Jakobs finsterem Gesicht. Eine hässliche Narbe lief über seine rechte Gesichtshälfte, und man musste den Kopf neigen, damit seine Nase einigermaßen gerade aussah. Die Haut seiner Ober- und Unterarme war übersät von nicht sehr fachmännisch ausgeführten Tattoos und seine gebückte Haltung wirkte nicht gerade freundlich. Kein Wunder, dass die Pferdeliebhaber ihre Tiere nach und nach in andere Ställe brachten.

Genoveva hatte sich verpflichtet gefühlt, Jana ins Gewissen zu reden. „Meinst du, dass das eine gute Idee ist? Denke an deinen Ruf!" Mehr als zwei Sätze hörte sich Jana nicht an. Sie explodierte: „Du! Dass ausgerechnet du dir ein Urteil erlaubst!" Genoveva zuckte zusammen. Aber Jana fing gerade erst an, sie in die Mangel zu nehmen. Sie betitelte Genoveva als „Schönwetter-Tippse", die es allen und jedem recht machen will und keine eigene Meinung hat. „Eine oberflächliche Schreibtante bist du! Nur äußerlich tolerant!" Jana war noch lange nicht fertig und ihre Tirade fand den Gipfel, als sie Genoveva anschrie: „Du bist doch nicht fähig zu einem wahren Gefühl! Du lebst in einer Schwarz-Weiß-Welt und bist genau so bieder, wie es die Gesellschaft fordert!" Janas Redeschwall hörte nicht auf und sie bezichtigte Genoveva, sie wolle eine Perfektionistin sein und das hauptsächlich, um anderen zu gefallen. Genoveva schluckte schwer, sie war auf einen Streit mit Jana nicht vorbereitet und der Gefühlsausbruch der Freundin irritierte sie. So aufgebracht und wütend hatte sie Jana noch nie erlebt. Genoveva trug die Vorwürfe lange mit sich herum.

Hatte Jana recht? Leider konnte Genoveva das weder mit Ja noch mit Nein beantworten. Tatsache jedenfalls war, Jakob blieb auf dem Hof und die Untersteller unterstrichen ihr Unverständnis mit Kündigungen. Reihenweise verabschiedeten sie sich. Als es schließlich um Janas Existenz ging, beschloss Genoveva, ihr zusammen mit den Freundinnen zu helfen. „Du brauchst verschiedene Standbeine." Die praktisch veranlagte Yvi erarbeitete für Jana ein neues Nutzungskonzept. Und ihre Idee funktionierte. Janas Gutshof beschäftigte mittlerweile einen professionellen Pferdetrainer und ist Therapiezentrum für traumatisierte Kinder. Ihr „Streichel-Zoo-Café" bescherte ihr Besuchsverträge mit Kindergärten, Schulen und Seniorenheimen. Die Steuerkanzlei von Caros Ehemann Sam optimierte Janas Betrieb. „Ich habe viel weniger Arbeit und mehr Geld als vorher!" Jana bedauerte den Auszug ihrer Untersteller nicht. Genoveva versprach, Jakob mit

Respekt zu behandeln. Sie grüßte ihn freundlich und brachte ihm an Weihnachten oder zu seinem Geburtstag ein kleines Geschenk mit. Jakob zeigte immer die gleiche mürrische Miene. Mehr als ein Kopfnicken bekam Genoveva nicht von ihm zu sehen.

„Jakob hat gelächelt, oder?", fragte Genoveva. Jana senkte den Blick und spielte mit der Kordel an ihrer Jacke. Sie grinste bis über beide Ohren. „Du kleines Luder!" Wenn es um die Liebesgeschichten anderer Menschen ging, besaß Genoveva emphatische Fähigkeiten. „Pst! Jetzt weißt du es. Ich will nicht, dass du es auch nur einem einzigen Menschen weitersagst! Behalte es für dich! Es hat gerade erst angefangen. Ich weiß nicht, wie sich das weiterentwickelt." Und Genoveva behielt Janas Geheimnis für sich. Sie verbrachte den restlichen Tag bei Jana und verabschiedete sich nach dem Abendessen.

Kapitel 7

Simserei und Sex

„Hallo. Na du? Hattest du einen schönen Tag? Ich schon. Was machst du jetzt? Bitte schreibe zurück. LG Konstantin." Das musste er sein! Genoveva kannte keinen Konstantin. Mit zittrigen Händen legte sie das Handy beiseite, um es in wenigen Sekunden wieder in Händen zu halten. Sie las die paar Zeilen gefühlte 100 Mal und versuchte, irgendeinen Sinn darin zu entdecken. „Was soll so ein Trampel schon groß denken", dachte Genoveva sarkastisch und tippte eine kurze, nichtssagende Antwort: „Grüß dich. Ja, mein Tag war wunderschön. Vielen Dank der Nachfrage. Werde den Abend vor dem Fernseher verbringen. Gruß Genoveva." Kurz darauf löschte sie ihre Antwort, ohne sie abzusenden. Das Handy pfiff erneut: „Spielst du?" Genoveva verstand die Frage nicht. Bevor sie antworten konnte, kam die nächste Nachricht: „Streichelst du dich? Ich mich schon. Darf ich an dich denken?" „Was bildet der sich ein?" Genoveva zog sich wütend die Wolldecke bis zum Kinn und kippte die Chips-Schüssel um. Verdammt, jetzt muss ich auch noch den Staubsauger holen! Sie machte sauber und überlegte. Sollte sie ihm eine gepfefferte Antwort schicken? Nein, das bringt nichts. Wozu unhöflich werden. War es überhaupt ihr Unbekannter? Sie stellte die erste Frage: „Sind Sie der Mann, der mich bei der Podiumsdiskussion umgerempelt hat?" Sie hatte kaum ihr Handy weggelegt, als schon die nächste SMS eintraf: „Ja. Der bin ich." Blödmann!, dachte Genoveva und legte das Handy wieder beiseite.

Aber Konstantin gab nicht auf. Er schickte eine Nachricht nach der anderen. „Verrätst du mir, was du gerade machst?", „Bist du zu Hause?", „Warum schreibst du nicht zurück? Ich bin neugierig. Was hast du an?" So einfach war das mit der unhöflichen Nummer wohl doch nicht. Konstantin kam ins Grübeln. „Du musst ein Arschloch sein, Frauen stehen auf Arschlöcher", hatte Bernd kürzlich am Stammtisch ausposaunt. Konstantin hatte sich heute riesig gefreut, Genoveva wiedergetroffen zu haben. Er hatte den gesamten Tag viel an sie gedacht und jetzt, am Abend, war er stockgeil. „Ich schreibe ihr einfach, was ich will." Er wollte es mit Bernds Ratschlägen versuchen, schließlich hatte ihm sein rüpelhaftes Benehmen ihre Telefonnummer eingebracht, und auch heute ließ sie ihn nicht stehen. Vielleicht hatte Bernd ja recht. Konstantin tippte erneut eine Nachricht: „Liegst du bequem auf der Couch? Streichelst du dich? Denkst du an mich?" Genoveva antwortete jedoch nicht. Jetzt zweifelte Konstantin an Bernds These. Er beschloss, sich zuerst von seinem Druck zu befreien und erneut einen Versuch zu starten. „Hallo, Genoveva. Bist du noch wach? Hast du einen Partner für Sex?"

So, jetzt nehme ich mir doch fünf Minuten Zeit! Genoveva schrieb: „Hallo. Deine Fragen beantworte ich nicht." Konstantin musste lächeln. Er schrieb: „Welche Fragen?" Genoveva entschied sich, ihm mit anderen Fragen verständlich zu machen, was sie meinte: „Was ist dein Beruf?

Verrate mir dein Lieblingsgericht. Wie verbringst du deine Freizeit?" „Hi. Ich habe eine Firma. Ich esse gerne Nudelgerichte. Ich spiele Fußball." Nur wenige Sekunden nach dem Senden hätte er die Nachricht am liebsten wieder zurückgerufen: „Ich Esel! Dreimal ich und keine Gegenfrage. Ob sie zurückschreibt?" Nein, sie antwortete nicht mehr. Konstantin zappte sich durch das Fernsehprogramm und mit dem Gedanken, morgen versuche ich es mal anders, schlief er ein.

„Guten Morgen. Ich hoffe, du hast gut geschlafen. Was machst du heute? Kuss Konstantin." Er frühstückte und tippte eine SMS für Genoveva. Sein Tag begann um 5 Uhr morgens. Auf dem Weg in seine Firma und im Büro zog er alle paar Minuten das Handy aus der Hosentasche. „Sie wird wohl noch schlafen", beruhigte er sich. Doch ihre ausstehende Antwort hinderte ihn tatsächlich daran, in der Arbeit einen kühlen Kopf zu bewahren. Das war gerade im Moment unpassend. Er und seine Mitarbeiter hatten einen Raupenkran konstruiert und der Bau des Prototyps lief an. Jeder einzelne Schritt forderte dem gesamten Team höchste Konzentration ab. Konstantin studierte die Kraftwirkungen zwischen den Teilsystemen, als gegen 9 Uhr sein Handy in der Hose vibrierte. Obwohl er nicht wusste, ob die Nachricht von Genoveva war, und falls ja, ob sie nett antwortete, freute er sich. Mit einem Lächeln auf dem Gesicht spazierte er Richtung Kantine, es war ohnehin Zeit für eine Kaffeepause. „Guten Morgen. Ja, ich habe gut geschlafen. Vielen Dank für die Nachfrage. Hoffe, du hast ebenfalls gut geschlafen." Na ja, auf seine Frage, was sie heute machen würde, reagierte sie zwar nicht, aber immerhin hatte sie geantwortet.

Genoveva schenkte sich ihre erste Tasse Kaffee ein. Sie war eine Langschläferin und vor 9 Uhr morgens brauchte man mit ihr nicht zu rechnen. Sie hatte gestern Abend ihr Handy weggelegt und die letzte Nachricht von Konstantin nicht mehr gelesen. Die Frage, ob sie gut geschlafen habe, freute sie. Genoveva hatte Konstantin in ihren Gedanken in einer schwarzen Wolke verschwinden lassen, doch er befreite sich daraus und sie ließ es zu. Im Laufe des Tages entwickelte sich eine intensive Unterhaltung. Konstantin erzählte vom Raupenkran, der für den Aufbau von Windenergieanlagen bestimmt war. Er war so alt wie Genoveva und hatte nie geheiratet. Genoveva erzählte ihm von ihren Kindern Damian und Mariella. Konstantin hatte keine Kinder und er wollte auch keine mehr, da er sich mittlerweile zu alt dafür fühlte. Er interessierte sich sehr für ihre Arbeit als Journalistin und meinte scherzhaft: „Da muss ich ja besonders auf die Rechtschreibung achtgeben." Sie liebten beide italienisches Essen und hatten nichts übrig für die chinesische Küche. Lesen war nicht Konstantins Fall. Er mochte gerne Rockmusik. Genovevas Leidenschaft für das Tanzen teilte er allerdings. Sein Vater war vor 35 Jahren gestorben, ihrer vor 20 Jahren. Beide trugen sie so manchen Kampf mit ihren überfürsorgenden Müttern aus. Konstantins Schwester hieß Victoria und die von Genoveva hörte auf den Namen Ledwina. Haustiere gehörten nicht in Konstantins Leben und vor Pferden hatte er Angst. „Hey du, ich muss in ein paar Minuten los. Heute Abend ist Stammtisch, aber Handys sind verboten. Ich wünsche dir jetzt schon eine gute Nacht und süße Träume. Drück dich!" Genoveva blickte auf die Uhr, es war kurz vor 19 Uhr. Sie hatte vor lauter Schreiberei die Zeit vergessen. Macht nichts, sagte sie sich, als sie es sich auf der Couch bequem machte, mit ihrem Vibrator in den Händen und Konstantin im Kopf.

„Bist du noch wach?" Gegen 22 Uhr weckte eine SMS von Konstantin Genoveva aus dem Schlummer. „Nur noch ein ganz klein wenig", antwortete sie. Diesmal fiel Konstantin nicht mit der Türe ins Haus: „Sehnst du dich danach, in den Arm genommen zu werden?" Im Halbschlaf schrieb Genoveva zurück: „Ich bin keine Frau für eine Nacht." Konstantin schrieb: „Ich vermisse es, neben einer Frau einzuschlafen und aufzuwachen. Ich mag es, wie du riechst. Was findest du besonders reizvoll?" „Ich liebe Rollenspiele", tippte Genoveva, bevor sie einschlief.

Kapitel 8

Putzfrau gesucht!

Am Freitag stand Genoveva zeitig auf. Ihre Chefin Wendy hatte sie zu einem Termin bestellt. „Ich schicke dich nach Irland." Wendy redete nie lange um ein Thema herum: „Unternimm die Tour mit deinen Freundinnen. Eine Hausboot-Tour gefällt euch garantiert. Das Honorar für den Reisebericht ist gut. Alle Kosten werden übernommen." „Bis wann muss ich zu- oder absagen?", fragte Genoveva und steckte sich das Informationsmaterial in die Tasche. „So früh wie möglich, spätestens Mitte nächster Woche." Genoveva hasste Wendys Militärton. Sie eilte aus dem Büro. Soé wartete auf sie. Die beiden waren zum Shoppen verabredet. „Ich brauche etwas in Schwarz-Weiß." Mehr verriet sie Soé nicht. Genoveva wollte unbedingt eine attraktive Putzfrau sein.

Konstantin schrieb gestern eine Nachricht: „Anzeige: Suche attraktive Putzfrau für Gutshaus auf dem Land. Sind Sie zuverlässig, ehrlich und arbeiten sauber, melden Sie sich bitte für ein Vorstellungsgespräch." Ob das in ein Date münden sollte, war ihr unklar. Konstantin hatte ihr gesagt, er hätte Rollenspiele noch nie ausprobiert, sei aber durchaus interessiert. War das ein erster Versuch, sich mit ihr zu treffen? Genoveva brauchte einige Anläufe, bis sie ihre Antwort schicken konnte: „Sehr geehrter Herr, aus Gründen beruflicher Neuorientierung erfolgt meine

Bewerbung als Putzfrau. Bitte teilen Sie mir Termin und Ort für das Vorstellungsgespräch mit." Konstantins Antwort fiel knapp aus, er nannte den morgigen Freitag, 19 Uhr, schrieb seine Adresse dazu und seine Informationen endeten mit dem Satz: „Der Hausherr wird Ihnen öffnen." Genoveva bestätigte den Termin und dann herrschte Funkstille. Grübelnd war sie durch ihr Haus geschlichen, hin- und hergerissen, ob sie wirklich zu ihm fahren sollte. Der Gedanke, als Putzfrau aufkreuzen zu müssen, haute sie nicht um, jedoch wollte sie nicht als Spielverderberin dastehen. „Ich sollte mich freuen, dass er meine Wünsche erfüllen will", sagte sie dem meckernden Ego.

„Jetzt spanne mich nicht auf die Folter! Für wen betreibst du den Aufwand?" Soés Neugierde schien überzulaufen. Aber Genoveva verriet nichts. Über drei Stunden huschten sie von Boutique zu Boutique, bis sich Genoveva endlich für ein Outfit entschieden hatte. Sie lud Soé auf einen Kaffee ein und fragte diskret nach ihrer Chlamydien-Infektion. „Ja, das wird schon wieder", meinte Soé. „Im Leben steckt mir jeder seinen Schwanz nur noch eingetütet rein!" Sie lachten. Plötzlich fragte sich Genoveva: Ob ich für heute Abend Kondome kaufen soll? Nein. Beim ersten Date landet man nicht im Bett, beruhigte sie sich und schob den Gedanken beiseite.

Zwei Stunden verbrachte Genoveva im Badezimmer. Sie epilierte sich die Beine, zupfte mit der Pinzette ihren Intimbereich haarfrei, untersuchte ihre Achseln, dass ja keine Stoppelchen übrig blieben. Sie lackierte sich ihre Zehen- und Fingernägel rot, brachte ihre Augenbrauen in Form, cremte ihren Körper ein und sparte nicht mit Parfüm. Auf Make-up verzichtete Genoveva. Sie schlüpfte in die neue schwarze Jeans, zog das sündhaft teure weiße Spitzentop aus Seide an und darüber eine weiße Hemdbluse. Sie zupfte so lange an ihrem Dekolleté herum, bis die Spitze hervorschaute. Sie steckte sich die Haare hoch und sprang in ihren Mantel. Ein Blick auf die Uhr sagte ihr, dass sie aufbrechen musste. Aufgeregt stieg sie in ihren Wagen. Ihr Fuß zitterte und es kostete sie Mühe, Gaspedal, Bremse und Kupplung zu treten. Besser, ich hätte die Stiefeletten mit dem niedrigeren Absatz gekauft! 20 Minuten später fuhr sie die Auffahrt zum Gutshaus hinauf. Ihr Herz klopfte unkontrolliert und in ihrem Bauch tobte ein Wirbelsturm. Sie stellte ihren Wagen ab, und um sich zu beruhigen, fasste sie sich ans Herz: Verdammt, ich trage keinen BH! Wie konnte ich das nur vergessen? Sie schalt sich einen verliebten Teenager und es tat ihr auch ein wenig leid, denn ihre Brüste fielen ohne BH kleiner aus. „Hilft jetzt nichts, ich muss aussteigen!", ermahnte sie sich.

Gerne hätte sie eine Zigarette geraucht, ließ es aber sein. Sie wusste nicht, was Konstantin vom Rauchen hielt. Langsam stieg sie die Steinstufen hinauf, keinesfalls wollte sie außer Atem sein und unästhetische Schweißflecken unter den Armen provozieren. Oben angekommen suchte sie nach einer Glocke, fand aber keine. „Was mache ich jetzt?", hastig wollte sie ihr Handy aus der Tasche ziehen, als sich die schwere Eichentüre öffnete: „Sie sind zu spät!" Es war Konstantin. Genovevas Herz setzte kurz aus. Er trug einen Bademantel und sein Haar war feucht. Er kam wohl gerade aus der Dusche. „Äh. Ja. Bitte entschuldigen

Sie", stammelte sie verlegen und trat auf die oberste Stufe des Eingangsbereichs. Sie kam sich klein vor. „Treten Sie ein und schließen Sie die Türe. Legen Sie Ihren Mantel ab und ziehen Sie die Schuhe aus, noch ist die Stelle ja nicht vergeben." Genoveva befolgte Konstantins Anweisungen. Sie fühlte sich nicht wohl. Er wirkte kühl, überlegen und arrogant. „Haben Sie Referenzen vorzuweisen?" Konstantin ging voraus und Genoveva folgte ihm, wusste aber nicht wohin. „Nein, das wäre meine erste Putzstelle." Obwohl sie Rollenspiele liebte, entschied sie sich, in diesem Fall der Wahrheit so nahe wie möglich zu bleiben. Ihre Schmetterlinge im Bauch hatten aufgehört zu tanzen, stattdessen fühlte sie Hornissen im Unterleib herumschwirren. Ein Gefühl der Angst beschlich sie: Ich kenne ihn doch gar nicht! Niemand weiß, wo ich bin! Genovevas Kehle schnürte sich zu. Sie blieb stehen. Inmitten der weiträumigen Eingangshalle versuchte sie, sich einen Überblick zu verschaffen. Ihr Blick wanderte nach links und nach rechts und nach oben. Oh Gott, nie und nimmer möchte ich hier putzen!, schoss es ihr durch den Kopf. Im Grunde genommen hasste sie sämtliche Hausarbeit. Genoveva atmete tief durch und wollte auf dem Absatz kehrtmachen. Konstantin drehte sich nach ihr um und sagte in höflicherem Tonfall: „Kommen Sie schon. Ich beiße nicht." Genoveva spielte verlegen mit ihren Händen und setzte zögerlich einen Fuß vor den anderen: „Mh. Ohne Vertrauen sind Rollenspiele blöd", murmelte sie.

Als könnte Konstantin ihre Angst riechen, ging er ihr ein paar Schritte entgegen und schaute sie mit einem entwaffnenden Lächeln an: „Sie brauchen sich nicht zu fürchten. Ich beschäftige mehrere Putzfrauen." Wie er das wohl meint? Dass hier Putzfrauen beschäftigt waren, glaubte sie sofort. Hörte sie zwischen den Zeilen einen Unterton? Waren mehrere Putzfrauen gleichbedeutend mit mehreren Frauenbekanntschaften? „Hier ist die Küche." Konstantin machte eine Handbewegung und der Luftzug streifte ihr Gesicht. Genoveva fröstelte. „Kommen Sie weiter." Konstantin ging voraus und öffnete eine weitere Türe: „Bitte, treten Sie ein." Sie gehorchte und betrat das dunkle Zimmer. Die Vorhänge waren zugezogen und Genoveva spürte einen dicken Teppich unter ihren Sohlen. Sie blieb verunsichert stehen. „Das ist mein Arbeitszimmer." Konstantin lehnte im Türrahmen und Genoveva fühlte, dass er nur knapp hinter ihr stand. Er blies ihr unbewusst seinen Atem in den Nacken und Genoveva durchlief ein Schauer. „Aber hier werden Sie nicht putzen." Konstantins Tonfall glich dem eines Herrschers. „Schön", meinte Genoveva.

Sie drehte sich um und wollte den Raum verlassen. Konstantin allerdings trat einen Schritt nach vorne. Genoveva verhakte sich im Teppich, als sie versuchte, ihren Schritt auszubremsen. Reflexartig griff sie nach Konstantins Bademantel. Sie wollte keine Bauchlandung machen. Die wenigen Sekunden reichten aus und der Bademantel klaffte auseinander: Er ist ja nackt! Und er hat einen Ständer! Genoveva rappelte sich hoch und wusste nicht, wohin sie blicken sollte. „Machen Sie etwa den Chef an?" Konstantin legte seine Hände sanft auf Genovevas Schultern und schob sie langsam zurück. „Gefällt Ihnen, was

Sie sehen?" Er hatte keine Eile und zog in Zeitlupe den Bademantel wieder zu. Genoveva wurde feuerrot, sie brachte keinen Ton heraus. „Ich meine das Haus. Gefällt Ihnen das Haus?", fragte Konstantin weiter. „Groß, wirklich groß", stammelte Genoveva. Als sie den zweideutigen Sinn ihrer Worte erkannte, meinte sie, aus ihrem Kopf müsse eine Flamme schießen. Ihr wurde heiß. Konstantin lächelte, drehte sich um und ging den Korridor entlang: „Folgen Sie mir. Oder müssen Sie zur Arbeit getragen werden?" Genoveva ging ihm wortlos hinterher. „Ich denke, hier wären Sie am besten aufgehoben." Er wartete, bis Genoveva auf gleicher Höhe stand und öffnete die Doppeltüre einen Spalt. Plötzlich spürte Genoveva seine Handfläche auf ihrem Rücken, seine Brust berührte ihre Schulter und sie meinte, ein Blitz fahre durch ihren Körper. „Sie brauchen wohl ab und zu einen kleinen Schubs", raunte ihr Konstantin ins Ohr. Sein Mund berührte ihr Ohrläppchen und Genoveva war sich nicht sicher, ob er es mit der Zunge abgeleckt hatte. Wie unter Strom wechselten ihre Gefühlszustände zwischen Angst und Neugierde. Seine Berührung erregte sie. Konstantin schob Genoveva behutsam in das Zimmer. „Hier ist die Bibliothek. Sie fangen hier an, Staub zu wischen." Konstantin ließ sie in der Mitte des Raumes stehen. Er ging zur Kommode am Fenster und Genoveva hörte, dass er eine Schublade öffnete. Und wenn er eine Pistole rausholt und mich erschießt? Genoveva konnte überhaupt keinen klaren Gedanken mehr fassen. Angewurzelt stand sie da, unfähig sich zu bewegen.

Konstantin kam auf sie zu und irgendetwas schien er

hinter seinem Rücken zu verstecken. „Ihr Arbeitsgerät. Sind Sie damit vertraut?" Konstantin holte einen Staubwedel hervor und strich ihr sanft über die Wangen. „Ja", krächzte Genoveva. Ihr Mund war ausgedörrt. Konstantin drehte den Staubwedel zwischen seinen Fingern und fing an, ihr den Ausschnitt zu streicheln. Genovevas Brüste hoben und senkten sich, als wäre sie einen Marathon gelaufen. Deutlich zeichneten sich ihre Brustwarzen unter der Bluse ab. Konstantin hob ihre Bluse an und fegte ihr mit dem Wedel über den Bauchnabel. Seine Finger spielten mit dem Stoff, und zufällig oder nicht, Genoveva war sich nicht sicher, berührte seine Handfläche ihre rechte Brust. Oder nicht? Bilde ich mir das ein? Seine Berührungen waren so sanft, dass sie nicht mehr sagen konnte, ob er sie tatsächlich anfasste oder sie nur meinte, er würde sie anfassen. Er schaute Genoveva in die Augen: „Bei filigranen und empfindlichen Gegenständen müssen Sie den Staub wegblasen. Ich zeige Ihnen, wie ich mir das wünsche." Der Staubwedel purzelte zu Boden und er ließ von der Bluse ab. Sacht zog er Genovevas Kopf an seine Brust und vergrub seine Finger in ihren Haaren. Er zog den Kragen nach hinten und blies ihr seinen Atem in den Nacken und den Rücken hinunter. Er beugte ihren Kopf zurück und fasste ihr in den Ausschnitt: „Verstehen Sie, was ich meine?", raunte er ihr ins Ohr und blies ihre Brüste an.

Genovevas Knie zitterten. Sie traute sich nicht, sich an Konstantins breiten Schultern festzuhalten. Nichts wollte sie tun, um den Moment anzuhalten! Konstantins Hände umfassten Genovevas Hals und seine Lippen berührten ihre Lippen, als er sagte: „Ich werde Sie sehr gut einarbeiten. Ausgebildetes Personal ist Gold wert." Er umfasste ihre Hüfte und drängte sie zum Schreibtisch am anderen Ende der Bibliothek. Genoveva starrte ihn mit offenem Mund an. Sie atmete schwer und ihr Herz raste. Ohne jede Kraftanstrengung hob er sie auf den Tisch: „Pst! Schließen Sie die Augen. Erst wenn Sie Ihre Arbeit lieben, beherrschen Sie sie auch im Schlaf." Er spürte ihren leichten Widerstand, als er sie auf die Tischplatte drücken wollte. Mit rauer Stimme flüsterte er: „Hey. Lass uns spielen." Genoveva gehorchte und schloss die Augen. Er zog ihr die Bluse und das Spitzentop aus. Sie genoss die Berührungen auf ihrer Haut. Er öffnete den Reißverschluss ihrer Hose, hob ihr Becken an und streifte sie ihr ab. Nackt lag sie vor ihm auf dem Schreibtisch. Er begann, eine Spur zu zeichnen. Konstantin fuhr ihr nur mit der Spitze seines Fingers von der Stirn über die Nase, ihren Mund, zwischen ihren Brüsten und ihrem Bauchnabel hindurch. Genoveva stöhnte. Konstantins Finger glitt weiter hinab. Sein Finger streichelte ihren Oberschenkel, das Schienbein bis hin zum großen Zeh. Er hüpfte auf den linken Zeh, zeichnete seine Spur rückwärts entlang am anderen Schienbein, hinauf zum Oberschenkel und Konstantin beendete seine Spur zwischen Genovevas Beinen. Er drückte seine Handfläche auf ihren Intimbereich und ließ sie regungslos liegen. Mit der anderen Hand fing er an, Genovevas Brüste zu streicheln. Er tröpfelte mit den Fingerspitzen hauchdünne Berührungen auf ihren Bauch und streifte ihre Seite. Alle ihre Muskeln spannten sich an, nicht wissend, was er als Nächstes tun würde.

Er wandte sich von ihr ab. Enttäuscht hob Genoveva den Kopf. „Pst. Augen schließen!", befahl er und umrundete den Schreibtisch. Er blieb hinter ihrem Kopf stehen, bückte sich und legte seinen Mund auf ihren Mund, ohne sie zu küssen. Er ging weiter und blieb bei ihren Beinen stehen. Er packte sie bei den Kniekehlen und zog sie so weit zu sich, dass ihr Hintern gerade noch auf der Tischkante liegen blieb. Ihre Beine legte er sich auf die Schultern. Jetzt spürte sie seinen Atem an ihren Oberschenkeln. Mit einem heftigen Ruck hob er ihr Becken an und presste seinen Mund auf ihre Vagina. Sie stöhnte auf! Seine Lippen zupften an ihren Schamlippen, und unerwartet drang er mit der Zunge in ihre Vagina ein. Elektrisiert vergrub Genoveva ihre Hände in seinen schwarzen Locken. Er holte seine Zunge wieder heraus und leckte sich voran zu ihrer Klitoris. Sanft saugte er daran und das Vakuum versetzte Genoveva in einen Rausch. Sie verlor jegliches Gefühl für Raum und Zeit, sie wusste nicht mehr, wo sie war. Konstantin spielte mit ihrer Perle. Er stupste sie mit seiner Zunge an, umschloss sie mit seinen Lippen, gab sie wieder frei, blies sie an und umkreiste sie sanft mit der Zunge. Innerhalb weniger Sekunden baute sich in Genoveva eine Spannung auf, dass sie meinte, sie würde jeden Moment explodieren! Konstantin legte seine Hände auf ihren Bauch und erzeugte einen leichten Gegendruck auf ihr Becken. Die linke Hand wanderte zu ihrem durchgedrückten Rücken. Sanft streichelte er ihren Hintern und blitzschnell steckte er ihr den Daumen in die Vagina. Kraftvoll kniff er in ihre Pobacken. Genoveva schrie auf vor Lust. Jeder Muskel ihres Körpers zuckte und sie presste ihre Beine so fest zusammen, dass Konstantin mit den Schultern ordentlich gegenhalten musste. In ihr entlud sich eine Gefühlswolke und ihr Körper schien aus der Haut zu bersten. Genoveva atmete heftig und eine Welle des Glücks durchströmte sie von Kopf bis Fuß. Es dauerte einige Minuten, bis sich ihre Atmung normalisierte.

Konstantin stand auf und zog Genoveva hoch. Sie bebte am ganzen Körper. Konstantin griff nach einer Wolldecke, die auf dem Schreibtischstuhl lag und wickelte sie ein. Er hob sie vorsichtig vom Tisch und trug sie zum Sofa. Konstantin setzte sich und behielt sie auf dem Schoß. „Werden Sie die Stelle annehmen?", flüsterte er ihr ins Ohr. Genovevas Kopf schäumte über vor Glücksgefühlen, doch sie brachte kein Wort heraus, sie nickte nur. „Gut. Ziehen Sie sich bitte an und fahren Sie nach Hause. Das Sekretariat wird den Vertrag aufsetzen." Konstantin drängte sie zum Aufstehen. Er holte ihre Kleider. Mit zitternden Händen zog sich Genoveva in Windeseile an. Plötzlich konnte es ihr nicht rasch genug gehen, wieder angezogen zu sein. Konstantin begleitete sie zur Tür und wünschte ihr eine gute Heimfahrt.

Gerade als er im Haus verschwinden wollte, drehte sich Genoveva um: „Ja! Ich mache den Chef an!" Sie packte ihn am Bademantel und drängte Konstantin zurück ins Haus. Sichtlich verwirrt ließ er sie gewähren. Genoveva erkannte sich nicht wieder. Sie konnte unmöglich nach Hause fahren, ohne zu wissen, wie er sich anfühlt. „Ich werde Ihnen eine Kostprobe meiner Arbeitsweise geben", raunte sie ihm heiser ins Ohr. Bevor er etwas erwidern konnte, verschloss sie seinen Mund mit ihren Lippen. Sie presste eine Hand auf seine Brust, mit der anderen umschloss sie seinen Penis. Er stöhnte bei der Berührung. Er lehnte sich an eine der romanischen Säulen im Foyer und packte Genoveva am Nacken. Sie entwich seinem festen Griff, kniete sich nieder und leckte mit ihrer Zunge seine Eichel. Sie streichelte seine Pobacken und kraulte seine Eier. Leicht schlug sie seinen Schwanz gegen ihre Lippen und spuckte auf seine Eichel. Langsam verrieb sie mit Daumen und Zeigefinger die Spucke und zeichnete mit ihrer Zunge seinen gesamten Penis nach. Adrenalin schoss durch ihren Körper und total überrascht über ihren eigenen Mut öffnete sie den Mund und fing an, zu saugen. Sie spürte förmlich, wie sich Konstantins Muskeln anspannten. Nach wenigen Sekunden stöhnte er auf und vergrub seine Hände in ihren Haaren. Er hatte ihr eine gehörige Ladung in den Mund gespritzt. Genoveva kramte nach einem Taschentuch. Schlucken war überhaupt nicht ihr Fall. Konstantin sank zu ihr auf den Boden. „Wow! Ich dachte, mir haut es die Schusser raus." Zärtlich strich er ihr eine Haarsträhne aus dem Gesicht. Er nahm ihr das Taschentuch ab und tupfte ihr den Mund sauber: „Ich bin mir absolut sicher, Sie bringen alle notwendigen Voraussetzungen für den Job mit. Es dauert nicht lange, und Sie werden, dank Ihrer ausgezeichneten Qualifikationen, zur Mitarbeiterin des Jahres gekürt!" Er nahm ihr Gesicht in beide Hände und küsste sie. Es war ein liebevoller und zärtlicher Kuss. Genoveva bemerkte seine weichen Lippen und hielt seine Zunge gefangen. Wie zwei verliebte Teenager lagen sie auf dem Teppich und küssten sich. Keiner schien vom anderen genug zu bekommen.

Das Telefon klingelte und riss beide aus ihren romantischen Träumen. Wehmütig stand Konstantin auf und reichte Genoveva die Hände, um ihr behilflich zu sein. Er lächelte sie an: „Entschuldige bitte. Ich muss abheben." Nach nur wenigen Sätzen verfinsterte sich sein Blick. Genoveva hörte nicht zu. Sie registrierte lediglich, dass er sich in Englisch unterhielt: „Be sure! I'll be right there!" Er legte auf und wandte sich an Genoveva: „Du musst gehen. Ich habe keine Zeit mehr." Konstantin machte auf dem Absatz kehrt, verschwand im Arbeitszimmer und ließ eine sichtlich verwirrte Genoveva im Foyer zurück.

Kapitel 9

Weiß für grünes Irland

„Weiß! Ab sofort ist das die Farbe für meine Freundinnen!" In Druckbuchstaben kritzelte Genoveva das Wort Irland auf ein weißes Blatt, darunter die Namen Soé, Ivy, Caro und Jana. „Okay, Jana mit Fragezeichen. Caro auch, sie ist schwanger." Beim Frauenabend wollte sie die Irlandreise vorschlagen. Im März überraschte Genoveva dann die Frauen: „Ferien!" schrieb sie auf den Zettel. „Du bist in der Midlifecrisis!" Soés Lachen schallte durch das Café, und auch Yvi, Caro und Jana schauten verdutzt drein, als Genoveva eine gemeinsame Reise vorschlug. „Warum eigentlich nicht?" Verwirrt starrten die Frauen Jana an. Ausgerechnet Jana schien die Idee zu gefallen: „Ich tausche mein Wort ‚Frauentag' gegen ‚Frauenurlaub'. Ich komme mit!" „Und wer kümmert sich um den Hof?", fragte Soé. „Das macht Jakob." Jana schaute in die Runde: „Hey! Gebt euch einen Ruck. Wird bestimmt ein Abenteuer!" „Frankreich? Finnland? Friesische Inseln? Wo soll's denn hingehen?", wollte Yvi wissen. Sie strich ihr Wort „Frühling" durch, schrieb ein neues F und wartete. „Firland!", scherzte Genoveva: „Wird alles bezahlt!" Sie beschloss, mit den Zuckerstückchen anzufangen. „F F finde ich super! Ich liebe Flora und Fauna in Irland!" Das Reiseziel gefiel Soé. Ihren Zettel mit dem Wort „Fegefeuer" knüllte sie zusammen. „Warum wolltest du übers Fegefeuer sprechen?" Genoveva konnte nicht umhin nachzufragen. Soé riss die Augen auf, gestikulierte gefährlich mit den Händen und sagte mit tiefer Stimme: „Weil ich da hinkomme!" Die Frauen lachten. In entspannter Atmosphäre lüftete Genoveva ihr letztes Reisegeheimnis: „Hausboot-Tour" und löste bei Caro einen regelrechten Begeisterungssturm aus: „Ich muss mit!" Sie schnappte sich Yvis Kugelschreiber und kritzelte: „Feen! Felder! Flüsse! Folk-Legenden!" „Oh nein!", stöhnten die Freundinnen. Aufgeregt präsentierte Caro ihren Zettel: „Fantasie!" „Oh wie wunderbar! Wir schippern in Feengewändern über die Flüsse!" Sie kannten Caros Vorliebe für das Erfinden von Spielen. „Und schreiben unsere eigene Folk-Legende?" Genoveva schüttelte sich vor Lachen. „Ja, ich weiß. Aber was soll's!" Caro schrieb weiter: „Wir Freundinnen schreiben ferrückte Folkslegende!" „Und so was ist Deutschlehrerin am Gymnasium!" Caros neue Rechtschreibung erheiterte die Frauen. Sie schnaufte tief durch: „Ich hoffe, Sam und mein Arzt haben keine Einwände."

„China! Und das ausgerechnet jetzt!" Konstantin saß im Flieger erster Klasse. Er hatte kaum Zeit gehabt durchzuatmen. Seit dem abendlichen Anruf, als er mit seiner süßen Putzfrau auf dem Teppich knutschte, waren drei Tage vergangen. Die Geschäftspartner baten um ein sofortiges Meeting in Hongkong. Es ging um jede Menge Geld, Arbeitsplätze und natürlich auch um die Zukunft seiner Firma. Schnelles Handeln und lösungsorientiertes Vorgehen zeichneten ihn aus, und aus Erfahrung wusste er, bei auftauchenden Problemen muss der Chef persönlich vor Ort sein. Es blieb ihm also nichts anderes übrig, alles in die Wege zu leiten und nach China zu reisen. Dabei hätte er so gerne noch ein wenig mehr „Genoveva" gekostet. Rollenspiele gab es bisher in seinem Liebesleben nicht. Er musste schmunzeln: „Schade eigentlich. Es hat mich mehr erregt als jemals alles andere." Konstantin holte tief Luft und rief sich die Begegnung ins Gedächtnis zurück. Er hatte sehr wohl bemerkt, wie unbehaglich Genoveva zeitweise zumute war. Dennoch, das Gefühl, Macht über sie zu besitzen, war verlockend. Undurchschaubar zu sein, wenig berechenbar für das Gegenüber, ja, das übte wirklich einen Reiz aus. Bilder von Genoveva tauchten vor seinem inneren Auge auf. Wie sie ihn angesehen hat! Wie ihr Herz klopfte! War das mehr Angst oder mehr Erregung? In jedem Fall hatte sie es geschafft, ihn dermaßen zu fesseln, dass er nur noch an ihren Körper dachte. Schon lange hatte ihn keine Frau so fasziniert. Er setzte sich aufrecht hin und griff in seine Jackentasche: „Verdammt, ich habe ihr nicht geschrieben!" Er wollte das unbedingt nachholen, bevor die Maschine vom Erdboden abhob. „Verflucht noch mal! Wo habe ich nur mein Handy?" Konstantin durchsuchte alle seine Taschen, vergeblich, er hatte sein privates Handy in der Eile im Büro vergessen.

Kapitel 10

Zwischen den Wolken. Noch auf dem Boden

„Ich fahre mit nach Irland!" Caros Arzt willigte ein und Sam auch. Beim monatlichen Treffen um den Buchstaben „I" drehte sich alles um Irland. Die nächsten Wochen hatte Genoveva jede Menge zu erledigen. Sie kopierte Reisedokumente, kümmerte sich um Flugtickets, suchte ein Hausboot aus, plante die Tour, machte Checklisten für die Urlaubskoffer. Im April sollte das 14-tägige Abenteuer beginnen. Obwohl Genoveva alle Hände voll zu tun hatte mit den Vorbereitungen für die Reise, schaffte es ihr Gehirn nicht, Konstantin auszublenden. Der Wunsch, ihren Freundinnen von ihm zu erzählen, wuchs stetig an, vor allem, weil sie nun fast täglich zusammenkamen, um sich gemeinsam auf das bevorstehende Abenteuer vorzubereiten. Und dieses Vorspiel der Reise machte höllischen Spaß!

Die Frauen trafen sich bei Genoveva. Das wunderte alle, denn Genoveva lud nur selten zu sich nach Hause ein. „Du bist bald eingewachsen und dann kommt niemand mehr rein und du nicht mehr raus! Bleibt nur zu hoffen, dass sich ein Prinz zu dir durchkämpft!", zogen die Freundinnen Genoveva oft und gerne auf. Doch Genoveva blieb stur, und je höher ihre Hecken wuchsen, desto zufriedener war sie. Ihr kleines Landhaus war ihre Idylle und sie zog sich gerne zurück. Allerdings musste sie zugeben, dass sie es genoss, ihre Freundinnen um sich zu haben, Kuchen zu verdrücken und zu wissen, dass sich die Kaffeemaschine nach einer Pause sehnte. Sie selbst sehnte sich nach Konstantin. Er schrieb nicht. Ihr fehlte schlichtweg der Mut für eine Nachricht. Sie schämte sich. „Wir sind viel zu früh losgefahren", murrte Soé, „vier Stunden vor dem Abflug! Reine Zeitverschwendung!" Genoveva bot an, Kaffee zu holen, und dankend nahmen die Freundinnen an. „Stimmt ja auch", gab Genoveva Soé in Gedanken recht. Sie bahnte sich den Weg zum Coffeeshop und reihte sich in eine Menschenschlange ein. „Hallo!" Jemand stupste Genoveva an. Sie drehte sich um. „Werden Sie den Vertrag unterschreiben?" Konstantin stand vor ihr! Er lächelte und wiederholte die Frage: „Werden Sie den Vertrag unterschreiben?" Endlich hatte sie es geschafft und musste nicht mehr pausenlos an ihn denken. Und jetzt stand er vor ihr! Keine Silbe rutschte aus ihrem Mund. Sie konnte ihn nur fassungslos anstarren. „Es bewegt sich was." Schelmisch schob Konstantin Genoveva sanft ein Stück in Richtung Theke. Er sieht verdammt gut aus! Aber das sage ich ihm auf keinen Fall. Er hatte das Hemd geöffnet, das Sakko salopp übergeworfen und sein Dreitagebart machte ihn ungemein maskulin. „Oder haben Sie sich für eine andere Stelle entschieden?" Konstantin spielte mit einer Haarsträhne und streichelte Genovevas Gesicht. Nein! Er soll nicht wissen, dass ich mich wochenlang gegrämt habe! Laut sagte sie: „Mein Urlaubsantrag liegt auf Ihrem Tisch." „Verreisen Sie?", fragte er. „Ja", brachte Genoveva brüchig heraus. „Alleine?", fragte er ungeduldig weiter.

Genoveva flüsterte: „Nein." Konstantin zog seine Hand zurück und bedeutete Genoveva zu bestellen, Sie war an der Reihe: „Fünf Kaffee im Becher." „Sechs Kaffee, bitte", mischte sich Konstantin ein. Er wirkte erleichtert und legte seine Hand auf Genovevas Schulter. Er packte ihre Becher in einen Karton und bezahlte. Vorsichtig schob er sie aus der Menschenmenge und bat sie, stehen zu bleiben. „Wohin geht´s denn?" Er musste wissen, mit wem sie Urlaub machen wollte. „Irland", antwortete Genoveva mit belegter Stimme. „Wie lange und mit wem?", hakte Konstantin gereizt nach. „Meine Freundinnen und ich machen eine zweiwöchige Hausboot-Tour." Genoveva wollte gehen: „Gib mir die Kaffeebecher und danke für die Einladung." Konstantin stellte den Karton auf einem der Stehtische ab, trat vor Genoveva und umfasste ihr Gesicht mit beiden Händen. Wie ärgerlich angenehm diese unverhoffte Berührung war! „Ich habe es eilig. Gib mir die Becher!" Er umarmte sie und küsste sie mit einer Leidenschaft, dass sie ein leises Stöhnen nicht unterdrücken konnte. Er neigte ihren Kopf und flüsterte ihr ins Ohr: „Ich wünsche euch einen schönen Urlaub und passt gut auf euch auf! Ich will dich wiederhaben!" Er hauchte ihr einen Kuss auf die Stirn, ließ sie los und verschwand in der Menge. Genoveva wusste nicht, wie lange sie so dastand. Jana riss sie aus ihren Gedanken: „Da bist du ja! Wir haben dich schon gesucht!" Sie kehrte mit Jana zu den anderen zurück. „Was ist denn mit dir passiert? Hast du einen Geist gesehen?" Sie schaffte es nicht, ihre Verwirrung vor den Freundinnen zu verbergen. Doch sie wollte nichts offenbaren: „Ich mache mir nur Sorgen, ob

das mit dem Hausboot wirklich so eine gute Idee war."
„Du wieder! Wir packen das schon!" Jana hakte sich bei Genoveva unter und gemütlich marschierten sie zur Gepäckaufgabe.

Konstantin hatte immer noch ein Lächeln auf den Lippen, als er in das Taxi stieg. Lediglich das beengte Gefühl in seiner Hose störte ihn. Seit er Genoveva gesehen hatte, war er erregt. Zufällig hatte er sie entdeckt. Wie sie so vor ihm stand, in enger Jeans, knallrotem Pulli und hohen Schuhen! Er hätte sie am liebsten einfach mitgenommen. Das Verlangen, mit ihr zu schlafen, steigerte sich stündlich. Nur das Timing stimmte absolut nicht. Er hätte ihr gerne erklärt, warum er sich nicht hatte melden können. Bestimmt hatte sie ihm mittlerweile 100 Nachrichten gesendet, anfangs liebe und nett gemeinte und dann sicherlich böse und entrüstete Mitteilungen bezüglich seines Verhaltens. Und er konnte es ihr nicht einmal verübeln.

Kapitel 11

Anker lichten, Leinen los

Es regnete. In Dublin angekommen, fiel die geplante Stadtbesichtigung buchstäblich ins Wasser. Die Freundinnen entschieden, sich im Hotel aufzuhalten. Das triste Wetter schlug ihnen rasch auf das Gemüt. In der Lounge hing jede ihren Gedanken nach. Soé und Yvi schwirrten im Netz herum, heilfroh, dass es kostenloses WLAN gab. Caro stöberte in ihrem Buch, sie wollte unbedingt einen ausgefallenen Namen für ihr Baby. Jana setzte sich zu Genoveva und fragte unverblümt: „Wer hat dich geküsst?" Genoveva erschrak: „Was hast du gesehen?" „Einen attraktiven Mann, der eine noch attraktivere Frau geküsst hat." Jana kuschelte sich an Genoveva: „Ein Geheimnis zu haben ist doch süß. Genieße es. Ich werde nichts verraten." Am nächsten Morgen riss der Himmel auf und deutlich besser gelaunt stiegen die Freundinnen in Carrick-on-Shannon aus dem Bus. Kichernd und scherzend ließen sie sich das Hausboot erklären, absolvierten eine Probefahrt und hörten interessiert zu, als sie in die Nautik eingewiesen wurden. Die nächsten vier Stunden verbummelten die Freundinnen damit, ihr Gepäck zu verstauen, im Ort Lebensmittel einzukaufen und die Karte zu studieren. Rundherum zufrieden mit ihrem schwimmenden Haus stachen sie in See. „Volle Fahrt voraus nach Nordirland!" Soé wagte sich an das Steuer. Jana und Caro besetzten das Deck, Yvi und Genoveva hatten die Schiebetüre geöffnet und genossen aus dem Bootsinneren den herrlichen Ausblick. Es stimmte also, nichts schien mit dem Grün von Irland vergleichbar zu sein. Gemächlich schipperten sie auf dem Shannon-Erne-Waterway Richtung Leitrim. Keine der fünf konnte sich sattsehen an der Landschaft, den grasenden Kühen am Ufer des Kanals oder den Schafen.

„Helft mir, ich kann nicht parken!" Soés aufgeregte Schreie rissen die frischgebackene Crew aus ihren malerischen Träumen abrupt in die Gegenwart. „Warum müssen wir überhaupt anhalten?", wollte Caro wissen. „Weil wir durch die Schleuse müssen!", brüllte Soé. Sie fuchtelte wild mit den Händen. Die Frauen sprangen auf und irgendwie hatte keine einen Plan. „Wie war das mit den Seilen?" Keine konnte sich genau erinnern. „Lass mich mal machen." Jana behielt die Ruhe und übernahm das Steuer. Sie dirigierte Yvi an die vordere Seite und Genoveva an die hintere Seite des Bootes. „Du wirfst die Leinen, sobald die beiden auf den Steg gesprungen sind!", befahl sie Soé. Etwas blass um die Nase und mit weichen Knien warteten Genoveva und Yvi auf den richtigen Zeitpunkt, um abzuspringen. Soé warf das erste Seil Richtung Genoveva, doch sie erwischte es nicht und es landete im Fluss. „Binde du uns fest!", rief sie Yvi zu, und das klappte dann. Doch plötzlich stockte das Boot, der Motor starb ab und gab kein Geräusch mehr von sich. „Nanu? Was ruckelt denn so?", fragte Caro und schaute vorsichtig Richtung Steg. Jana und Soé kletterten über den vorderen Bug an Land und mühten sich sichtlich ab, gemeinsam mit Genoveva das Boot seitwärts an den Steg zu ziehen. „Das hintere Seil hat sich in der Schiffsschraube verhakt", stellte Jana trocken fest und befahl Genoveva: „Ruf in der Leitstelle an. Wir brauchen Hilfe." Genoveva, Soé und Yvi starrten Jana ungläubig an und Caro begann zu lachen. Ja, sie lachte und Tränen kullerten ihr über die Wangen. „Das fängt ja prima an! Wir sind keine Stunde unterwegs und haben das Boot versenkt!" Je mehr Caro lachte, desto missmutiger wurden die anderen vier. „Kommt schon, Leute! Es ist, wie es ist!" Caro versuchte, ihre Freundinnen aufzuheitern, doch ihre Bemühungen scheiterten. Genoveva telefonierte mit der Leitstelle. „Und? Wie geht es jetzt weiter?", wollte Soé wissen. „Die schicken uns einen Taucher", teilte Genoveva mit, und Caro kämpfte erneut mit einem Lachanfall: „Das glaube ich nicht! In diese Brühe steigt doch niemand rein! Das war bestimmt ein Scherz! Die werden das Seil durchtrennen und uns ein Neues geben." Die vier blickten sich fragend an. Der Torf färbte das Wasser gelb, sodass es dreckig aussah. Und doch kam es so. Mit Anzug und Lampe stieg der Taucher in das torfverfärbte Wasser und befreite mit einem Messer den Propeller, ohne viel Aufsehen zu erregen: „You are welcome! No problem, ladies!" Er schaute in fünf zerknirschte Gesichter und erklärte freundlich, dass so was ständig passiere. Er winkte zum Abschied und wünschte den Frauen weiterhin eine gute Fahrt. „Kommt. Wir müssen das besser absprechen." Jana breitete am Ufer eine Decke aus und bedeutete den Freundinnen, sich zu setzen.

Janas praktische Fähigkeiten zahlten sich aus. In wenigen

Minuten hatte sie die Aufgaben verteilt und bestimmt, wie sie von nun an ab- und andocken sollten: „Das Steuer übernehme ab sofort ich." Keine widersprach. Sie passierten die erste Schleuse und beschlossen, in Keshcarrigan zu übernachten. Sehr zur Freude von Soé und Yvi, denn es gab ein Pub. Sichtlich froh, nicht kochen zu müssen, freute sich die von Jana ernannte Schiffsköchin Caro über den gemeinsamen Abend im Pub. Die Frauen hakten sich unter und schlenderten zu Fuß in den Ort. Sie suchten sich einen Tisch, bestellten Guinness und hoben neugierig die Köpfe, wenn wieder ein Gast mit Musikinstrument eintrat. „Es sind viele Kinder hier", merkte Caro an und strich sich über ihren Bauch. „Wie geht es dir eigentlich?", fragte Jana. Bis jetzt hatte sich niemand getraut, Caro das zu fragen. Alle starrten die Freundin an. Zögernd begann Caro zu sprechen. Morbus-Crohn-Patientinnen müssen während der Schwangerschaft mit dem erhöhten Risiko eines erneuten Krankheitsschubs rechnen. Denn während der Schwangerschaft ist die Behandlung mit Medikamenten schwierig: „Erleide ich einen Schub, erhöht sich das Risiko, dass ich eine Fehlgeburt habe oder dass die Wehen zu früh einsetzen und meine Kinder Frühchen sind", erklärte Caro. „Kinder? Wie meinst du das?" Yvi stellte die Frage, die sich den Freundinnen aufdrängte. Warum sprach Caro von Kindern? „Ich habe es euch noch nicht gesagt, ich erwarte Zwillinge", flüsterte Caro. Die Freundinnen klatschten in die Hände, und wild durcheinander gratulierten sie Caro zum „Doppelpack". Caro wischte eine Freudenträne beiseite und meinte mit ernster Miene: „Ich liebe euch und ich bin froh, euch zu haben." Im selben Atemzug ließ sie wissen, dass Sam ihr keine Hilfe war. Er konnte sein Verlangen, in Swinger-Clubs zu gehen, nicht zügeln, und Caro ging das mittlerweile auf die Nerven: „Die Reise tut mir gut. Ich komme auf andere Gedanken." Bis zur Mitternachtsstunde überlegten sich die Frauen Namen für die Kinder, stritten sich, wer Taufpatin sein darf und zeigten sich erst zufrieden, als Caro für jedes ihrer Babys zwei Patinnen erlaubte. Glücklich kuschelte sich Genoveva an diesem Abend in ihre Koje. Sie schätzte ihre Freundinnen plötzlich viel mehr wert, und zufrieden schlief sie ein.

„Aufwachen! Du Langschläferin! Frühstück ist fertig!" Caro weckte Genoveva. Alle saßen bereits am Tisch und warteten auf sie. Der Tag wirkte vielversprechend. Das Wetter war traumhaft, und seit Jana das Kommando übernommen hatte, klappte alles wie am Schnürchen, fast alles. Abends ergatterten die Frauen keinen Liegeplatz in einer Marina. Es dämmerte und sie beschlossen, an einer Schleuse Halt zu machen. Ein alter Ire lud die Freundinnen zu sich ans Lagerfeuer ein. Die Abendsonne ließ das von Torf gefärbte Wasser von Lough Erne gelblich glitzern. Eine schier endlose Anzahl von Schwänen glitt hoheitsvoll am seichten Ufer entlang, um nach Insekten, kleinen Fischen oder Mollusken zu grundeln. Der Ire rauchte eine selbstgedrehte Zigarette und gedankenversunken begann er in verständlichem Englisch zu erzählen, warum es in Irland so viele Schwäne gibt: „Lir liebte seine vier Kinder aus der ersten Ehe so sehr, dass seine zweite Frau vor Eifersucht zerbarst. Sie verzauberte die Kinder mit einem Druidenstab in Schwäne, die

900 Jahre auf den Gewässern Irlands ihr Dasein fristen müssen. Zutiefst betrübt verfügte Lir, es darf in Irland kein Schwan getötet werden, ein Vergehen, das bis heute strafbar ist. Nach der Prophezeiung fanden die Schwäne Erlösung, als ein Prinz des Nordens eine Prinzessin des Südens heiratete." Die Frauen bedankten sich bei dem Iren und jede schien mit sich und dem Leben zufrieden zu sein. „Ich schreibe meinen Kindern eine Nachricht", sagte Genoveva, wünschte eine gute Nacht und verschwand in ihre Kabine. Sie suchte nach ihrem Handy und schaltete es ein. Eine Nachricht von Konstantin blinkte auf. Noch eine, und noch weitere vier. Insgesamt sechs Mitteilungen. Genovevas Herz schlug schneller, und obwohl sie sich die Freude darüber am liebsten verboten hätte, konnte sie nicht umhin, zu lächeln. Sie zog die Beine hoch, kuschelte sich in ihre Decke und begann, die Mitteilungen zu lesen: „Na du? Schön, dich heute getroffen zu haben. Ich wünsche dir eine schöne Zeit und komm gesund wieder. Kuss Konstantin", „Liebe Genoveva, ich hoffe, ihr seid nicht gekentert und du genießt die Zeit mit deinen Freundinnen. Vielleicht lässt du mal etwas von dir hören. Lieben Gruß und Kuss Konstantin", „Hey, kleine Seefahrerin, ich stelle mir gerade vor, wie sexy du in Uniform aussiehst. Ich hoffe, bei euch ist alles in Ordnung. Liebe Grüße Konstantin", „Ich vermisse dich und ich freue mich heute schon, wenn du wieder zu Hause bist. Wann genau kommst du heim? LG Konstantin", „Du hast wohl dein Handy nicht dabei. Falls doch, dann willst du mir vermutlich nicht antworten. Du machst mich wahnsinnig. Magst du mir bitte ein Foto von dir senden? Bussi

Konstantin", „Na du? Hast du kein Erbarmen mit mir? Ich möchte dich wiedersehen und vor allem wieder spüren. Lieben Gruß aus dem verregneten Deutschland sendet dir Konstantin".

Und wenn Konstantin noch so oft auf sein Handy sah: Sie schrieb einfach nicht zurück! Er musste sich zwingen, nicht alle paar Minuten aufs Display zu linsen. Und wenn sie ihres so zu Hause vergessen hat wie ich vor Kurzem? Er grübelte jede freie Sekunde darüber nach, warum sich Genoveva nicht meldete, und noch mehr erstaunte es ihn, dass sie ihm kein einziges Mal geschrieben hatte, während er in China war. Er fragte beim Telefonanbieter nach, ob Nachrichten eventuell nach einer gewissen Zeit gelöscht werden. Er schimpfte sich einen törichten verliebten Trottel, doch er konnte es nicht ändern. Er wollte sie wiederhaben, besser gestern als morgen. Eigentlich müsste sie seit einer Woche wieder im Lande sein. Er meinte, sich zu erinnern, sie hätte etwas von zwei Wochen gesagt. Das Treffen am Flughafen lag mittlerweile einige Wochen zurück. Konstantin machte sich nichts vor, insgeheim wusste er, dass sie stinksauer sein musste. Er beschloss, sie zu überraschen.

Kapitel 12

Hinterfotzig. Kaltherzig

„Konzert", „Kannibale", „Kinder", „Klabautermann" und „Katastrophe" hießen die Themen beim Frauenabend Ende Mai. Genoveva schlug vor, zusammen ein Konzert zu besuchen. Die Freundinnen einigten sich auf einen Termin und Genoveva versprach, etwas Passendes auszuwählen. „Fleisch! Ich hau mir heut ein Riesensteak rein!", bekräftigte Soé. Sie hatte es tatsächlich geschafft, auf Fleisch und Wurst zu verzichten. „Respekt! Hätte ich dir nicht zugetraut", sagte Caro. Dank ihrer vegetarischen Phase hatte Soé sechs Kilogramm abgenommen: „Heute bin ich Kannibale! Na ja, ich meine damit eher, ich esse wieder, was mir schmeckt. Und dieses Steak mundet vorzüglich!" „Mir ist nichts eingefallen. Seeleute sagen, ein Klabautermann pocht mit seinem Hammer an die Schiffswand, um auf Schäden aufmerksam zu machen. Ich dachte, ein wenig über Irland zu reden, würde uns allen gefallen", meinte Jana. „Perfekt! Ich habe eine Überraschung für euch!" Genoveva reichte den Freundinnen Fotobücher. Ihr gemeinsamer Urlaub lag mittlerweile zwei Wochen zurück und sie hatte viel Zeit und Energie investiert. Auch, um nicht ständig an Konstantin zu denken. Es wurmte sie, dass er sie beim ersten Treffen am Ende wie einen lästigen Hausierer stehen gelassen hatte. „Zeig her!" Die vier Frauen rissen ihr die Bücher regelrecht aus der Hand und jede fing zu blättern an. In chronologischer Reihenfolge erlebten die Freundinnen ihr Abenteuer erneut. Genoveva hatte mit ihren Bildern und denen der Freundinnen alles dokumentiert: die malerische Landschaft, den Kanal, die Schleusen und steinernen Brücken. Auch den Taucher und ihre Besuche in den Pubs, ihre Fahrradausflüge, Kühe, Schafe und Pferde, ihre Irrfahrt durch die Seenlandschaft, ihren herrlichen Ausflug nach Crom Castle. Genoveva hatte es nicht versäumt, zwischen die Fotos witzige Texte einzustreuen. Die Frauen lachten über aufgeschlagene Knie beim Schleusenvorgang und wurden still bei der traurigen Geschichte von Lir und dessen Kindern. Angeekelt blätterten sie weiter, als es um das missglückte Unterfangen ging, ihre Fäkalien abzupumpen. Daran wollte sich keine erinnern. „Bitte helft mir, Namen für meine Kinder zu finden." Caro und Sam konnten sich nicht einigen. Yvi beteiligte sich an der Namensdiskussion nicht. Überhaupt sagte sie wenig an diesem Abend. „Nun sag schon. Was meinst du mit Katastrophe?", fragte Genoveva. „Sarah hat Franco und mich inflagranti erwischt." „Du hinterfotzige und kaltherzige Schlampe!", brüllte Soé ungehalten über den Tisch. „Geht's ein wenig leiser?", mahnte Caro und wandte sich an Yvi: „Ich dachte, er hat das mit dir beendet?" „Ich weiß ja selbst nicht, was in mich gefahren ist. Ich konnte einfach keine Ruhe geben. Und schwer war es wirklich nicht, ihn ins Bett zu kriegen", erzählte Yvi mit dünner Stimme. „Du erbärmliches Miststück!" Soé kriegte sich nicht mehr ein: „Was bildest du dir ein? Du wolltest keine Familie und traust dich jetzt, sein Glück zu zerstören?"

Caro, Jana und Genoveva stand der Mund offen. Soés harsche Kritik verstanden sie nicht, denn schließlich kannte sie selbst nur wenige Tabus. Yvi hörte auf, sich zu rechtfertigen. Jedes Wort brachte Soé noch mehr in Rage. Mit hochrotem Kopf stand Soé auf und verließ das Restaurant. „Wie geht es jetzt weiter?" Caro fing sich als Erste. „Sarah ist ausgezogen. Sie wohnt bei ihrer Mutter. Franco ist am Boden zerstört." „Und du? Willst du wieder mit ihm zusammensein?", hakte Genoveva nach. „Um Himmels Willen nein!", rief Yvi.

Kapitel 13

Der sechste Sinn

„Herzlichen Glückwunsch! Sie haben eine Reise durch das Reich der Sinne gewonnen! Lassen Sie sich das genussvolle Geschmackserlebnis nicht entgehen! Der Graf erwartet Sie am Freitag im Konstantins." Vor zwei Tagen hatte Genoveva eine Nachricht von Konstantin erhalten. Hin- und hergerissen, ob sie zu- oder absagen sollte, siegte letztendlich ihr Bauchgefühl: „Vielen Dank für die Einladung. Ich werde da sein." Endlich meldete er sich! Und Genovevas Kopf war endlich frei! Sie stürzte sich in die Arbeit. Jetzt, da sie wusste, dass er nicht aufgegeben hatte, konnte sie ihren Bericht „Medikamente aus dem Netz – Folgen für die Apotheker" zum Abschluss bringen.

„Für welchen Anlass?" Die Friseuse musste zweimal fragen, ehe Genoveva reagierte: „Ein Familienfest." Weitere Fragen blockte sie ab, indem sie durch ein Magazin blätterte. Zu Hause wählte sie ein knielanges Kleid aus. Die verschiedenen, ineinanderfließenden Grüntöne schmeichelten ihrer Haut. Sie streifte sich halterlose Strümpfe über und ihre Beine schimmerten dank des Perlmutteffektes. Sie schlüpfte in ihren weißen Lieblingsmantel und zog passende Pumps an. Auf Schmuck verzichtete sie komplett und auch ihr Ehering wanderte in die Schmuckschatulle. Sie hatte absolut keine Ahnung, was sie erwarten würde, und mit pochendem Herzen fuhr sie schließlich los. Die gesamte Fahrtzeit grübelte sie, warum sie zu ihm fuhr. Genoveva wollte eine handfeste Beziehung, mit Alltagsproblemen, gemeinsamen Ausflügen oder Urlaubsreisen.

Herrgott noch mal! Sie fand nicht einen einzigen Grund, um sich vor ihrem Gewissen zu rechtfertigen, einzig das körperliche Verlangen konnte sie nicht unterdrücken. Was erwartete Konstantin vom Leben? Die Richtung, die sie mit ihm eingeschlagen hatte, würde wahrscheinlich in einer Sackgasse enden. Sie parkte den Wagen und stieg in miserabler Stimmung aus.

„Guten Abend, Madame!" Kaum hatte sie die Autotür zugeschlagen, hörte sie Konstantin von oben rufen: „Es ist mir eine Ehre, Sie heute als meinen Gast begrüßen zu dürfen." Genoveva stöckelte die Treppe hinauf. Sie traute ihren Augen nicht. Konstantin stand vor ihr, im allerfeinsten Smoking und reichte ihr die Hand. Bereitwillig legte sie ihre Hand in die seine, er verbeugte sich und gab ihr einen Handkuss. Ihre schlechte Laune verflog, er sah einfach umwerfend aus! Er lächelte sie spitzbübisch an: „Guten Abend, Gräfin." Genovevas Ansatz, zu antworten, beendete er mit einem „Pst!" Elegant führte er sie in das „Herrenhaus". „Darf ich Ihnen aus dem Mantel helfen?" Er stand dicht hinter ihr und flüsterte ihr ins Ohr. Genoveva neigte den Kopf und wünschte sich, sein Atem würde erneut ihre Halspartie streifen. „Sehr gerne. Vielen Dank für die Aufmerksamkeit." Insgeheim hoffte sie, er würde sie berühren. „Begleiten Sie mich in den Salon. Wir wollen einen Aperitif trinken." Er reichte ihr einen

Martini.

„Haben Sie das von den Kronebergers gehört?", erkundigte sich Konstantin beiläufig nach einer Familie, die Genoveva nicht kannte: „Ihr Butler wurde ermordet." „Ich kenne die Kron…" Konstantin unterbrach sie: „Die Familie weilte in Atlantis. Verbrecher raubten ihre Villa aus. Der Butler stellte sich ihnen in den Weg. Das wurde ihm zum Verhängnis." Jetzt verstand Genoveva. Konstantin erfand eine Geschichte und sie antwortete: „Man munkelt, die Kronebergers wollen nicht zurückkehren." Konstantin prostete Genoveva zu: „Kommen Sie, trinken wir aus und begeben uns in den Speisesaal. Es ist angerichtet für unsere Reise in das Reich der Sinne." Genoveva leerte in einem Zug ihr Glas und stand auf. Durch das Foyer erreichten sie den gegenüberliegenden Speisesaal. Unzählige Kerzen tauchten den weitläufigen Saal in ein warmes Licht. „Ich raube Ihnen jetzt den ersten Sinn." Konstantin stand hinter Genoveva. Erschrocken drehte sie sich um und wollte ihn abwehren. „Pst! Vertrauen Sie mir." Sie ließ sich die Augen verbinden. Ihr Herz raste. Er schob ihr einen Stuhl zurecht: „Öffnen Sie den Mund." Genoveva zuckte unwillkürlich, sie spürte etwas Heißes an ihren Lippen. Er tröpfelte ihr eine Flüssigkeit in den Mund: „Was schmecken Sie?" „Tomate, Balsamico", flüsterte Genoveva. „Oh! Verzeihen Sie meine Ungeschicktheit!" Genoveva merkte, dass ein paar Tropfen der Bouillon ihren Hals hinunterliefen. Konstantin leckte jedes Tröpfchen weg und bei jeder Berührung mit seiner Zunge entfleuchten Genoveva leise, lustvolle Seufzer. Es verlangte sie nach mehr.

„Ich entmächtige Sie um einen weiteren Sinn." Er nahm Genovevas Hände, mit denen sie den Tisch abgetastet hatte. Er fesselte sie. „Mögen Sie Wein?", hörte sie ihn fragen. Konstantin umfasste ihren Kopf mit beiden Händen und presste seinen Mund auf ihren. Genoveva fühlte, wie der Wein aus seinem Mund in ihren floss, und es schmeckte gut. Der herbe Geschmack des Weins vermischte sich mit der Tomaten-Balsamico- Bouillon und Konstantins Atem erregte sie zusätzlich. „Mehr?" Ohne eine Antwort abzuwarten, nahm er noch einen Schluck und ließ ihn in Genovevas Mund laufen. Sie schluckte. Konstantin steckte ihr sanft seine Zunge in den Mund. Genoveva genoss es. Es dauerte eine Weile, bis sie den Kuss erwiderte. Gefangen von seiner Art, mit ihr zu spielen, entfernte sie sich mehr und mehr von der Realität. Sie konnte nicht anders. Jedes Mal, wenn sie befürchtete, er würde von ihr ablassen, hauchte sie: „Ich will mehr." Und er kehrte mit seiner Zunge zurück: „Es freut mich, dass Ihnen meine Küche mundet."

„Ich möchte Ihnen den Hauptgang nicht vorenthalten. Was riechen Sie?" Unter ihrer Nase spürte sie eine warme Dampfwolke: „Bratensoße?" Er zog ihren Stuhl zwischen seine Beine. Die Serviette fiel zu Boden. „Oh, Pardon!" Er bückte sich und streifte versehentlich ihr Kleid nach oben. Ihre Oberschenkel lagen frei. Konstantin atmete schwer: „Sie rauben mir den Verstand!" Er konnte nicht wiederstehen und ließ seine Hände über ihre Oberschenkel gleiten, zeichnete Schlangenlinien, um Haut und Strümpfe imaginär zu verbinden. „Verzeiht, Madame." Er hielt inne: „Mein Verlangen nach Ihnen ließ mich meinen Anstand vergessen." Das Geständnis erregte Genoveva. Enttäuscht bemerkte sie, dass er aufgehört hatte, sie zu streicheln. Stattdessen drehte er ihr Gesicht in seine Richtung: „Probieren Sie, es wird Ihnen schmecken." Er steckte Genoveva etwas Saftiges in den Mund. Sie kaute und schmeckte Fleisch, konnte aber nicht eindeutig ausmachen, was es genau war. Er zeichnete ihre Lippen nach und Genoveva tastete mit ihrer Zunge nach seinen Fingern. Sie saugte daran und schmeckte eine würzige Soße. „Kleine Lady! Sie machen es mir nicht leicht!" Er streichelte ihre Oberschenkel und sie hob ihr Becken. Seine Hand berührte ihre intimste Stelle. „Binden Sie mich los!", flehte sie. Er gehorchte und löste ihre Hände, dann streifte er ihr den Slip ab und drang mit dem Finger in sie ein. Genoveva stöhnte! Ihr Verlangen wurde übermächtig. „Ich will dich schmecken!", Konstantin zog den Finger aus ihrer Vagina und leckte ihn ab: „Süßer als jede Nachspeise der Welt!" Mit einem Ruck schob er Genovevas Stuhl zurück. Er kniete sich zwischen ihre Beine, zog sie bis zur Stuhlkante vor und forderte sie auf, die Beine auf seine Schultern zu legen. Er umklammerte ihren Hintern mit beiden Händen und streichelte mit der Zunge ihre Klitoris. Genoveva stöhnte auf vor Lust. Sie vergrub ihre Hände in seinen Haaren. Sie spannte sich an und erwartete ihren Höhepunkt. Plötzlich hörte Konstantin auf. Verwundert und enttäuscht schaute Genoveva in sein Gesicht. Wann sie die Augenbinde abgenommen hatte, wusste sie gar nicht. Sie nahm seine Gesichtszüge im schummerigen Kerzenlicht nur vage wahr. Als er sagte: „Genoveva, ich will mit dir schlafen!", verfiel sie sofort wieder in ihre erregte Anspannung. Geistesgegenwärtig sah sie in seine Augen und brachte nur einen Satz hervor: „Ich verhüte nicht."

Konstantin stand auf und zog Genoveva hoch. Er drückte sie fest an sich und sie spürte sein steifes Glied. Er nahm sie bei der Hand und führte sie an das andere Ende des Tisches. Er hob sie hoch, stützte sich mit beiden Händen am Tisch ab und schaute ihr in die Augen: „Ich muss mit dir schlafen. Du erregst mich, dass es fast schon schmerzt. Ich verhüte." Er griff in seine Sakkotasche, holte ein Kondom heraus: „Streif du es mir über!" Mit zittrigen Händen gehorchte Genoveva. Er stöhnte, als sie seinen Penis berührte, und krallte seine Hände in ihre Schultern. „Ich nehme dich jetzt!" Er presste sie auf den Tisch, schob ungeduldig das Kleid beiseite. Die Wucht seines Eindringens ließ sie nach Luft schnappen. „Ja, das wollten wir doch beide!" Benebelt vernahm sie seine berauschte Stimme. Er hielt sich nicht zurück. Er wollte sich nicht mehr zurückhalten. Der Höhepunkt traf ihn dermaßen heftig, dass er befürchtete, Genoveva weh zu tun. Aber sie folgte ihm mit all ihren Sinnen auf den Gipfel.

„Na du?", besorgt betrachtete er ihre Oberarme. Deutlich zeichneten sich blaue Flecke ab, wo er sie festgehalten hatte. Er streichelte ihre Wangen: „Komm, lass uns essen." Konstantin hob die Deckel von mehreren Wärmebehältern ab. Er servierte ihr italienische Pasta, Fleischgerichte und Panna Cotta. „Was glauben Sie? Sind die Kronebergers in den Mord an ihrem Butler involviert?" Bedrückt bemerkte Genoveva, dass Konstantin kein persönliches Gespräch anstrebte. Nichtsdestotrotz ließ sie sich auf das

Spiel ein. Die Warnung ihres sechsten Sinnes schlug sie in den Wind.

Kapitel 14

Zähneknirschende Freundschaft

„Will sie mich wiederhaben?" Genoveva schaffte es nicht, Franco abzuwimmeln. Vom Telefonieren taten ihr die Ohren weh. Und auch, weil er nicht aufhörte, sie sekündlich dasselbe zu fragen: „Gibt Yvi uns eine zweite Chance?" „Franco, sei nicht böse, aber ich lege jetzt auf." Genoveva beendete das Gespräch und rief Yvi an: „Sag ihm, dass das mit euch vorbei ist! Er macht sich Hoffnungen!" „Ja. In Ordnung", lallte Yvi. „Bist du betrunken?" Genoveva sorgte sich. „Ich will schlafen!" Yvi wiederholte den einfachen Satz viermal. Genoveva verstand nur Brabbeln. Sie erkundigte sich weiter, doch Yvi legte ohne Gruß auf. Genoveva tippte ihre Nummer wieder und wieder. Yvi hob nicht mehr ab. „Das ist ein Notfall!" Genoveva hatte Angst um Yvi und alarmierte Jana: „Wir treffen uns in 20 Minuten bei Yvi! Sie ist seit Wochen so komisch! Nicht, dass sie sich was antun will!" „Mal nicht den Teufel an die Wand!" Obwohl Jana Genovevas Befürchtungen nicht teilte, rief sie Caro an. Soé, die von den Freundinnen am Nähesten bei Yvi wohnte, sagte Caro ab. Sie blieb hart. Sie hatte Yvi die Freundschaft gekündigt. Jede wusste, dass Yvis Nerven blank lagen. In den letzten beiden Jahren hatten Yvi und Soé unzählige Wochenenden miteinander verbracht. Sie besuchten Clubs und steckten sich nach ihren Aufrissen die Adressen zu: „Falls es ein

Irrer ist, weißt du, wo ich bin!"

Genoveva, Jana und Caro trafen im Treppenhaus aufeinander. Vor Yvis Wohnungstüre blickte eine die andere an. „Schlüssel?", fragte Genoveva. Die Frauen hatten ihre Schlüssel untereinander ausgetauscht, um in Notfällen reagieren zu können. „Ich dachte, du nimmst deinen mit." Caro schaute Jana an: „Habe ich in der Eile vergessen." „Hoffentlich denkt Soé dran!" Doch Caro zerstörte Genovevas Wunsch: „Sie kommt nicht." Sie läuteten Sturm. Ohne Erfolg. „Wir probieren, Soé zu erreichen." Genoveva handelte sich ebenfalls einen Korb ein, Jana stieß auch auf Granit. Caro verfolgte eine neue Idee: „Okay. Ich rufe sie mit unterdrückter Nummer an, schalte auf Freisprechung, und sobald sie abhebt, schreien wir alle: „Biiiiiittteeee!" Das wirkte. „Ja! Ist ja gut. Bin gleich da", gab Soé nach. Zehn Minuten später standen sie in Yvis Wohnung. Sie schlichen ins Wohnzimmer. Yvi lag auf der Couch und schlief. Auf dem Boden lag ein Kühlakku. Caro streichelte ihr über die Wange. „Ah!", schrie Yvi und sprang auf. Sie erkannte die Freundinnen ohne Brille nicht und rief: „Raus! Oder ich rufe die Polizei!" „Wir sind es, wir haben uns Sorgen gemacht! Wie geht es dir?" Genoveva ging einen Schritt auf Yvi zu. „Spinnt ihr?" Yvi ließ sich auf die Couch fallen, hob den Kühlakku auf und legte ihn auf ihre Wange: „Ich war heute beim Notdienst. Weisheitszahn."

„Hast du mit einem Tiger gekämpft?" Konstantin musste grinsen, als Sven ihn nach den Kratzspuren an seinen Schultern befragte. Es war Sonntagnachmittag und er war mit Sven und Bernd in der Sauna verabredet. „Muss ja eine heiße Nacht gewesen sein!", legte Bernd nach, und beide wollten von Konstantin wissen, wer die Unbekannte sei. Doch Konstantin beschloss, zu schweigen. Nichts wollte er verraten, kein Sterbenswörtchen. Er fühlte sich frei. Das zwanglose Aufeinandertreffen mit Genoveva beflügelte ihn auch nach zwei Tagen noch und er fand das Gefühl herrlich. Keine Probleme, über nichts reden zu müssen, einfach nur Spaß haben. Die Rollenspiele gefielen ihm immer besser und er feilte schon an der nächsten Idee. Es war so leicht, dem Alltag ein Schnippchen zu schlagen und für wenige Stunden alles rundherum zu vergessen. Ja, Genoveva gehörte ihm und mit ihr wollte er dem Alltag entfliehen. Wenn er nun mit Sven und Bernd darüber reden würde, dann wäre es kein süßes Geheimnis mehr. Sie würden Fragen stellen, alles Mögliche wissen wollen und Konstantin fürchtete, der Zauber um seine geheimnisvolle Genoveva würde verfliegen.

„Wenn ihr schon in der Stadt seid, dann können wir auch essen gehen", schlug Soé den Landeiern vor. Caro, Jana und Genoveva stimmten zu und folgten Soé in das momentan angesagte „Chez Querin". „Hört auf zu lachen! Sie tut mir leid", versuchte Jana zu schimpfen. Doch es dauerte nicht lange, und sie prusteten alle vier los. „Es hätte ja echt was Schlimmes sein können!", verteidigte sich Genoveva. „Hoffentlich hat ihr der Zahnarzt den Bosheitszahn gezogen!" Auch Soé konnte wieder lachen. „Dann hätte er ihr aber einen Weisheit-Zahn implantieren müssen!" Caro konnte nicht anders, als noch einen draufzusetzen. „Trotzdem sollten wir überlegen, wie wir unserem Raffzahn helfen können." Janas gut gemeinter

Vorschlag endete in einem Lachanfall. Ein Pfiff lenkte die Aufmerksamkeit der Frauen zum Eingang: „Guten Abend, die Schönheiten!" Ein fremder Mann begutachtete sie schamlos von oben bis unten. Keine der Freundinnen erwiderte den Gruß. „Kannst du damit aufhören? Das ist doch peinlich!" Genoveva riss den Kopf hoch. Sie kannte die Stimme! Hinter dem ungehobelten Kerl betrat Konstantin das Lokal, gefolgt von einem weiteren Mann: „Bernd, Konstantin hat recht. Bitte lass das." „Sven Mertens! Ich gönne dir Amy von Herzen. Konstantin van der Beek, um deinen scharfen Tiger beneide ich dich. Lasst mir doch was übrig!" Die drei nahmen am benachbarten Tisch Platz. Genoveva kauerte in einer Schockstarre. Um keinen Preis wollte sie zum Nachbartisch schauen. „Hey, rede mit uns! Wir sind ja nicht sauer auf dich." Caro merkte, dass Genoveva seit Minuten nichts mehr gesagt hatte. „Ich habe gerade überlegt, ob ich noch mal nach Yvi schauen soll." „Warum flüsterst du?" Jana schubste Genoveva. Soé brüllte: „Genoveva Agstein! Bei meinem nächsten Vollrausch erwarte ich dich an meiner Seite! Falls ich kotzen muss, hältst du den Eimer!" Caro hielt sich den Bauch, sie bekam Schluckauf vom vielen Lachen. Genoveva schielte zum Nachbartisch und ihr Blick traf mit Konstantins Blick zusammen. Feuerrot wandte sie sich ab und versteckte sich hinter der Speisekarte. Unmöglich konnte sie sich auf das Gespräch konzentrieren. Ihr Handy vibrierte und sie zog es aus der Hosentasche. „Deine Irland-Mädels?" Die Nachricht kam von Konstantin. Automatisch blickte sie erneut in seine Richtung und nickte. „Isst du heute auch mit allen Sinnen?" Genoveva fiel vor Schreck fast vom Stuhl. Blitzschnell wischte sie die Nachricht weg. „Wem schreibst du?" Soé entging nichts. „Niemand." Genoveva hüstelte. „Du lügst! Hast du wen kennengelernt?", hakte Caro nach. Genoveva wurde heiß. Verlegen brabbelte sie: „Ich muss auf die Toilette. Bin gleich wieder da."

Sie öffnete die Türe zu den Waschräumen, als sie jemand von hinten packte. „Huch!", sie schrie auf. „Pst!" Konstantin hielt ihr den Mund zu und zog sie in die Behinderten-Toilette. Er küsste sie und fragte: „Hast du deinen Freundinnen von mir erzählt?" Sie schüttelte den Kopf. Er fasste ihr unter das T-Shirt, küsste ihren Hals und presste sie voller Wucht gegen die Wand: „Triffst du dich mit anderen Männern?" Genoveva verneinte und schob ihn weg: „Ich bekomme keine Luft!" „Tut mir leid. Das wollte ich nicht. Kennst du Bernd Wiedemann?" Er küsste sie auf die Stirn und trat einen Schritt zurück. „Nein", sagte Genoveva. Ihr Herz raste. Er umklammerte ihre Schultern: „Du triffst dich nicht mit anderen Männern! Versprich es mir!" Konstantins harter Ton jagte ihr Angst ein. „Nein. Das mache ich nicht." „Gut. Ich vertraue dir." Konstantin nahm ihre Hand. Er verbeugte sich, gab ihr einen Handkuss und sagte: „Auf ein baldiges Wiedersehen, verehrte Gräfin."

Kapitel 15

Aussprache und Versöhnung

Genoveva werkelte mit hochgekrempelten Ärmeln im Garten. Dass Soé und Yvi ihr auf Schritt und Tritt folgten, machte die Arbeit nicht leichter. Die beiden hatten sich mächtig in die Wolle gekriegt und Genoveva sollte vermitteln. „Es kam, wie es kommen musste!", polterte Soé von Neuem los und warf Yvi vor, sie sei schuld am Scheitern von Francos Beziehung. Franco wollte nun einen Neubeginn mit Yvi, sie aber nicht. „Bist du jetzt zufrieden?", wollte Soé wissen und Yvi schrie, „Herrgott noch mal! Ich weiß doch selbst nicht, was ich will!" „Ein bisschen wenig für jemanden, der gerade eine schwangere Frau durch die Hölle schickt!" Soé konnte sich kaum halten, so wütend war sie auf Yvi. „Setzen!" Genoveva befahl den keifenden Frauen, auf der Terrasse Platz zu nehmen. Sie brühte frischen Kaffee auf. „Überlegen wir mal, ohne zu streiten, wie es weitergehen soll." Genoveva startete einen neuen Versuch: „Soé, warum regst du dich so auf?" Plötzlich war Soé mucksmäuschenstill und Yvi bohrte nach: „Ja, warum eigentlich? Du bist doch selbst nicht wählerisch und vertrittst den Standpunkt, jedem seinen Spaß und mir den meisten."

Soé sank in ihrem Stuhl: „Ich war 18 Jahre und über beide Ohren verliebt. Es war ein Unfall, wir haben nur ein einziges Mal nicht aufgepasst." Yvi und Genoveva stockte der Atem. Jetzt waren sie so lange Zeit befreundet, doch keine hatte gewusst, dass Soé schon einmal schwanger war. „Was ist passiert?", hakte Genoveva nach. „Genauso ein blödes, egoistisches Miststück wie die ist mir in die Quere gekommen!", schrie Soé und richtete den Blick starr auf Yvi. Sie erzählte, dass sie mit ihrem Freund übereingekommen war, sie würden das Baby bekommen und beide Verantwortung übernehmen. Heiraten wollten sie nicht, allerdings hatten sie sich ein Ritual überlegt, das sie für immer aneinander binden sollte: „Wir haben ein Foto von mir, von ihm und das erste Ultraschallbild in einen Briefumschlag gelegt. Auf ein Blatt Papier schrieben wir unsere Namen. Auch einen Mädchen- und einen Jungennamen. Den Umschlag versteckten wir in einer Ritze im Altar, in der Kapelle, gleich bei uns hinten im Wald." „Wie ging es weiter?", fragte Yvi zögerlich. Er kam nicht mehr zu vereinbarten Treffen, hat nicht mehr angerufen und sich verleugnen lassen. „Ich habe ihn in der Stadt getroffen, mit seiner Ex. Ich bin schnurstracks auf die beiden zugeeilt und wollte eine Erklärung." Mit trauriger Stimme erzählte Soé, wie er ihr mit knappen Worten den Laufpass gab und mit dem Satz „Wer weiß schon, ob ich der Vater bin!" den Rest. Soé hatte sich dann für eine Abtreibung entschieden. „Wer war der Kerl?", fragte Genoveva aufgebracht. Die Freundinnen waren zusammen in einem kleinen Dorf aufgewachsen. Im Prinzip kannte jeder jeden. Doch Soé antwortete nicht.

„Oh, mein Gott! Ich bin wohl wirklich die größte Egomanin, die dieser Erdball jemals ausgespuckt hat." Sichtlich ergriffen von Soés Geschichte, schlug Yvi die Hände über dem Kopf zusammen. „Was wirst du jetzt tun?", wollte Soé wissen. „Ich werde zu Franco gehen und mich entschuldigen, ebenso bei Sarah", antwortete Yvi und sie schien sich sicher zu sein. „Besser, du schreibst einen Brief", merkte Genoveva an. „Übrigens danke dafür, dass ihr wegen meinem Weisheitszahn bei mir wart. Das werde ich euch nicht vergessen. Es ist schön, Freundinnen wie euch zu haben." Yvis Worte rührten Soé und sie umarmte ihre Freundin: „Vertragen wir uns wieder!"

„Ein Junge und ein Mädchen!", gluckste Caro. Sie saß mit Genoveva beim Mittagessen. Den vorausgerechneten Geburtstermin Ende August würde sie nicht einhalten. „Zwillinge kommen meistens früher!" Caro strahlte: „Beide wohlauf und gesund!" „Vertragen sich eigentlich Soé und Yvi wieder?", fragte sie und etwas zerknirscht antwortete Genoveva: „Ja, das hat sich wohl wieder eingerenkt." Genoveva überlegte kurz, ob sie Caro nach Sams Swinger-Club-Gelüsten fragen sollte, als ihre Freundin von selbst zu reden begann. „Er sagt kein Wort mehr davon. Seit sich bei mir ein Bäuchlein abzeichnet, ist er wie ausgewechselt." Caro sprudelte förmlich über. Sam hegte und pflegte sie wie einen kostbaren Schatz. „Er plant das Kinderzimmer, sucht Möbel aus, und überhaupt, es gibt für ihn nur noch ein Thema, die Zwillinge." Genoveva freute sich für Caro und sie merkte, wie sehr die Freundin ihren Mann liebte. Genovevas Handy vibrierte und sie zog es aus der Tasche, um zu sehen, wer sich bei ihr meldete. „Der nächste Tanzkurs beginnt am Mittwoch um 19 Uhr im Konstantins. Hübsche Tänzerin wird erwartet. Anmeldung in spätestens fünf Minuten erforderlich!" Genoveva tippte schnell ein „Ja" und ließ das Handy wieder in der Tasche verschwinden. „Du wirst ja rot! Wer war das?", wollte Caro wissen. Doch Genoveva starrte stur auf ihren Teller und gab kein Wort preis. Solange sie selbst nicht wusste, wie sich das mit Konstantin entwickeln würde, wollte sie das Geheimnis lieber für sich behalten. „Ob sich wohl eines Tages mehr daraus ergibt als die unregelmäßigen Sextreffen?" Genoveva erschrak, sie hatte das Wort tatsächlich in Gedanken ausgesprochen, „Sextreffen", genau das, was sie an Yvi, Soé und auch Caro verurteilte. Plötzlich war ihr der Appetit vergangen.

Am Anfang haben wir uns wenigstens noch Privates geschrieben, resümierte Genoveva. Doch gleich nach dem ersten Treffen, als sie in Aufmachung einer Putzfrau bei ihm aufgetaucht war, riss das Kommunikationsstückchen abrupt ab. Seinen Auftritt im „Quez Querin" konnte sie auch nicht einordnen. Er hatte sich nicht mehr gemeldet. Sie wusste nicht, was er tagsüber trieb. Fragen stellte sie keine. Die wenigen Male, wo sie bei ihm war, fiel kein persönliches Wort. Genoveva grübelte: Will er das so? Oder vermittle ich den Eindruck, dass ich es so haben möchte? Konstantin war stets der Aktive bei ihren Zusammenkünften. Genoveva warf sich vor, sie sei selbst schuld, wenn er sie zum Sexspielzeug degradierte. Sie nahm sich vor, beim morgigen Tanzabend den Spieß umzudrehen. Die erste Frage wollte sie ihm gleich an der Eingangstüre stellen: „Wie war dein Tag?" „Hallo? Erde an Genoveva?", Caro riss sie aus ihren Gedanken.

Kapitel 16

Heute Nacht will ich tanzen!

„Was hast du im Quez Querin so lange auf der Toilette gemacht?" Jana hatte Genoveva zum Ausreiten eingeladen: „Das war der Mann vom Flughafen!" „Wo ist Jakob? Ich habe ihn nicht gesehen", stellte Genoveva eine Gegenfrage. „Ich habe dich auf die Toilette verfolgt. Im Damen-WC warst du nicht!", lachte Jana. „In deiner Spüle stehen zwei Kaffeetassen. Und die Wohnung über dem Stall macht einen verwaisten Eindruck", hielt Genoveva entgegen. Sie lachten. „Wie geht es Yvi und Soé? Was macht Caros Schwangerschaft?" Endlich einigten sich die Frauen auf ein Thema. Genoveva befriedigte Janas Neugierde und erzählte Neuigkeiten von den Freundinnen.

Abends spazierte Genoveva gut gelaunt die Treppe zu Konstantins „Herrenhaus" empor. Er stand nicht, wie sie erwartete, am Eingang. Die Tür war einen Spalt geöffnet und Genoveva hörte Musik. Sie klingelte, steckte den Kopf hinein und rief Konstantins Namen. Nichts, er geruhte wohl nicht zu erscheinen. Sie trat ein und legte ihren Mantel an der Garderobe ab. Befangen zweifelte sie jetzt an der Wahl ihres Kleides. Zu Hause war sie sich absolut sicher, dass das rote, rückenfreie Kleid die beste Wahl sei. Sie trug darunter keinen BH. Eine Schlaufe im Nacken hielt das vordere Teil zusammen, zwischen den Brüsten klaffte das Kleid leicht auseinander und ihre

Haut schimmerte hervor. Taillenabwärts schwang der Rock geschmeidig um ihre Beine und sie hatte hochhackige rote Pumps mit einer Silberspange gewählt. Ihr Haar hatte sie hochgesteckt und mit Perlen festgemacht. Zaghaft kehrte Genoveva der Garderobe den Rücken und stöckelte durch das Foyer. Sie folgte der Musik, die aus dem Speisesaal kam. Auch hier war die Tür nur angelehnt und Genoveva gab ihr einen Schubs. „Da sind Sie ja! Ich dachte schon, Sie sagen die Stunde ab." Konstantin kam ihr entgegen. Ihr stockte unwillkürlich der Atem! Erhaben und mächtig wirkte er in seinem dunklen Anzug. Die schwarzen Schuhe blitzten und das weiße Hemd hatte er nur bis zur Hälfte zugeknöpft. Er reichte ihr die Hand und zog sie in die Mitte des Saales. Dann ließ er sie stehen, eilte zum CD-Player und drehte die Lautstärke hinauf. Genoveva hörte aus dem Rhythmus, dass es Tango-Musik war. Italienische Lieder! Er hatte es also nicht vergessen, dass sie italienische Tanzmusik am liebsten hatte! Ein Glücksgefühl breitete sich in ihr aus. Flotten Schrittes kehrte Konstantin zu ihr zurück: „Darf ich bitten?", er verbeugte sich. Sie nickte und konnte nicht anders, als sich seiner Führung zu übergeben. Er blickte ihr tief in die Augen: „Wir beginnen heute mit Tango Argentino!", und schon zog er sie in die Ausgangsstellung. „Halten Sie die Spannung", flüsterte er ihr ins Ohr und fasste sie unter der Schulter: „Vertrauen Sie mir, ich gebe Ihnen Halt!" Konstantin sendete deutliche Signale und Genoveva ließ sich bereitwillig rückwärts schieben. Ihre Oberkörper waren eng zueinander geneigt und Konstantin murmelte: „Als Dame müssen Sie ‚Ja' sagen, bevor Sie gefragt werden!" Er drehte sie und sie spürte seinen Oberschenkel. Sie fühlte sich leicht wie eine Feder und konzentrierte sich voll und ganz auf Konstantins Körper. Sie spürte den leisesten Druck seiner Hände im Rücken und bewegte sich auf ihn zu. Er presste ein Bein zwischen die ihren. Im Rhythmus der Musik beugte er sie nach hinten, um sie im nächsten Moment mit einem zarten Druck wieder auf Abstand zu dirigieren. Genovevas Herz klopfte mit jedem Schritt schneller und willig ließ sie sich von ihm führen. Er spielte mit ihr und es gefiel ihr. Von einer Sekunde auf die nächste hielt er sie auf Distanz, um sie dann wieder ganz zu sich heranzuziehen. Genovevas Körper wurde zunehmend wacher und sie reagierte auf jede seiner Bewegungen. Sie spürte seine Erregung in den kurzen Momenten, in denen er sie eng an sich zog. Es knisterte zwischen Genoveva und Konstantin. Sie blühte auf! Sie genoss es, seinen harten Schwanz zu spüren und geschmeidig erzeugte sie bei den Drehungen einen leichten Gegendruck. Konstantin strahlte von Kopf bis Zeh eine Männlichkeit aus, die Genoveva mit jedem Schritt mehr erregte. Ihr Körper schwang mit seinem Körper. Die Musik geriet zunehmend in den Hintergrund.

Vielmehr faszinierte sie Konstantins Art, sie zu führen. Genovevas Körper pulsierte und drängte zur Bewegung. Sie genoss seinen begehrenden Blick und fühlte sich noch mehr zu ihm hingezogen. Seine Aufmerksamkeit gehörte ganz ihr, und das spornte sie an. Instinktiv lächelnd und anmutig folgte sie seinen Bewegungen. Sie schenkte ihm alles, was sie an innerer Energie besaß und nur selten auslebte. Sie ließ sich fallen, hatte jegliches Gefühl für Raum und Zeit verloren. Genoveva tanzte sich frei, frei von allem, was sie belastete. Der Funken sprang auf Konstantin über, und er konnte ihrem verheißungsvollen Augenaufschlag nicht widerstehen. Konstantin und Genoveva harmonierten und ihre Körper schienen eins zu sein. Ihre Figuren wurden wagemutiger und Konstantin baute seine Führung aus. Er umfasste ihren Nacken und sie ließ sich nach hinten fallen. Elegant richtete sich Genoveva auf. Sie merkte nicht, dass sich ihre Schlaufen im Nacken gelöst hatten. Ihr Kleid fiel ihr vorne über und sie tanzte mit nacktem Oberkörper. Erst als Konstantin eine Handfläche auf ihre Brüste drückte und sie mit der anderen Hand am Po zu sich zog, realisierte Genoveva, sie war oben herum nackt. Der Rhythmus der Musik verlangsamte sich und Konstantin forderte sie auf, ihr Becken ebenfalls kreisen zu lassen. Sie knöpfte sein Hemd auf und presste ihren Oberkörper an seine Brust. Er hob ihr Kinn, beugte sich zu ihr und begann, sie leidenschaftlich zu küssen. Mit weichen Knien umschlang sie Konstantin mit beiden Armen und erwiderte seinen Kuss mit einer Hingabe, die sie selbst überraschte. Er schmeckte salzig, nach Schweiß und etwas Unbeschreiblichem und sie verzehrte sich nach ihm. Sie ließ ihre Hände nach unten wandern und knöpfte seine Hose auf. Konstantin stöhnte, als sie mit festem Griff seinen harten Schwanz umschloss. Er neigte seinen Kopf nach hinten und Genoveva begann, seinen Hals mit Küssen zu übersäen. Sie kramte mit der freien Hand in seiner Sakkotasche und holte ein Kondom heraus. Ungeduldig öffnete sie es und streifte es Konstantin über. Er verstand.

Konstantin hob Genoveva hoch und trug sie zur Kommode am Ende des Saales. Vorsichtig setzte er sie ab und schob ihr Kleid hoch: „Deine Beine kosten mich den Verstand!" Er streichelte sie und merkte, dass sie ebenfalls sehr erregt war. Obwohl Genoveva Konstantis Leidenschaft kannte, blieb ihr kurz die Luft weg. Mit einem kräftigen Stoß drang er in sie ein. Beide stöhnten und Konstantin begann, sich in Genoveva zu bewegen. Schweißperlen auf seiner Stirn tropften auf Genovevas Brüste. Er verrieb sie und umschloss mit seinem Mund ihre Brustwarzen. Heftig bewegte er sich in ihr. Sein Schwanz füllte sie komplett aus und mit jedem Ruck meinte sie, sie müsse gleich explodieren. Sie krallte sich an der Kommode fest, um seine Bewegungen noch intensiver zu spüren. Ihr Blick haftete an seiner Brust, denn das Wechselspiel seiner Muskeln erregte sie. Er bäumte sich auf. Er kam ihr so unendlich männlich vor! Sein Körper zuckte und sein Stöhnen riss Genoveva in einen exorbitanten Orgasmus hinein. Es dauerte einige Minuten, bis ihrer beider Wallung abebbte.

„Ich hoffe, ich konnte Sie für den Tango Argentino begeistern!" Konstantin band die Schlaufen ihres Kleides zusammen. Er half ihr von der Kommode, führte sie zum Tisch und reichte ihr ein Glas Wein: „Stoßen wir auf uns an!" „Ja. Auf uns." Genoveva war müde und konnte ein Gähnen nicht unterdrücken. „Ich begleite Sie zum Wagen. Bitte geben Sie Bescheid, wenn Sie wohlbehalten zu Hause angekommen sind." Todmüde fiel sie ins Bett. Ein kurzes „Gute Nacht" an ihn und sie schlief sofort ein.

Kapitel 17

Geteiltes Leid, halbes Leid

„Zur Taufe werde ich wohl nicht eingeladen?" Gespannt hörten Genoveva, Caro, Jana und Soé zu, als Yvi von ihrem Aufeinandertreffen mit Franco und Sarah erzählte. Es war Mädelsabend und die fünf Freundinnen hatten sich zum Abendessen verabredet. „Liederliches Luder war noch das Netteste." Yvi ließ kein Detail aus. Ihr Blick haftete auf ihrem Zettel: „Liederliches Luder". Sie wiederholte die wüsten Beschimpfungen, die sie sich anhören musste, und sah am Ende zerknirscht ein: „Das habe ich mir wohl verdient." Sie hatte versprochen, sich nie wieder bei Franco zu melden, ebenso musste sie seine und er ihre Telefonnummer unter Sarahs scharfen Blicken löschen. „Ich weiß selbst nicht, warum ich das überhaupt getan habe." Yvi wirkte geistesabwesend: „Nie und nimmer hätte ich wieder eine Beziehung mit Franco gewollt!" Es klang fast so, als wollte sie sich selbst überzeugen: „Eigentlich bin ich doch heilfroh, diese Ehe hinter mir zu haben." Trotzdem breitete sich in Yvi eine innere Leere aus, und sie konnte nicht sagen, warum. „Ich habe mich für ein Exerzitien-Wochenende mit Heilfasten vormerken lassen, und euch gleich mit." Typisch Yvi, dachten die Frauen. Caro sagte von vornherein ab, denn Fasten stand für sie nicht zur Debatte. Auch Genoveva, Soé und Jana waren nicht unbedingt begeistert, doch Yvi tat ihnen leid. Sie saß da wie ein Häufchen Elend, und sie brauchte Unterstützung. Kaum hatten die drei zugesagt, schien sich Yvis Laune schon zu bessern. Sie einigten sich auf das zweite Wochenende im Juni. Caro bot an, die Freundinnen hinzufahren, am Abend einige Stunden mitzumachen und dann am Sonntagabend wieder alle abzuholen. Zaghaft schob Soé ihren Themen-Zettel zu Yvi: „Lust". „Sag mal Yvi, hast du nicht Lust, dass wir wieder mal einen draufmachen? Ich hatte seit Wochen keinen Sex! Meine Ausgaben für Batterien steigen ins Unermessliche!" Bis auf Yvi lachten alle. Caro schnitt ein ernstes Thema an: „Leukämie". Sam hatte ihr aufgrund aktueller Medienberichte verboten, die Flüchtlinge weiterhin in Deutsch zu unterrichten. „Ja, Genoveva! Ihr Medien!", tadelte sie. Unschlüssig, was sie mit ihrer Freizeit anstellen könnte, überlegte Caro, sich bei Stammzellenspenden als organisatorische Helferin zu engagieren. „Libido". Jana legte ohne Vorwarnung ihren Zettel in die Mitte des Tisches. „Du?", „Wer?" Die Fragen der Freundinnen kamen gleichzeitig. „Ja. Ich habe einen Freund. Jetzt ist es raus und mehr verrate ich nicht!" Jana hob ihr Glas und prostete den Frauen zu. „Aber du kannst doch nicht …" Sie ließ weder Soé, Yvi noch Caro ausreden: „Pst!" Dass Genoveva nichts sagte, fiel ihnen nicht auf. „Okay. Was schreibt unsere Genoveva?" Vorerst gaben die Freundinnen Ruhe. „Liebesgeflüster. – Was, du auch?" Genoveva hatte sie schockiert. Doch auch sie wehrte alle Fragen ab: „Pst!"

„Geht dich das etwas an?" Jana dachte nicht daran, Einzelheiten von Jakob auszuplaudern, sie lächelte frech und galoppierte davon. Genoveva holte die Freundin bald ein und sie parierten die Pferde durch. „Und dein Unbekannter vom Flughafen? Was ist mit ihm?", fragte Jana kokett, doch sie erwartete keine Antwort und fragte stattdessen, ob sie heimlich Lebensmittel einpacken sollten für die Exerzitien, „Es reicht doch, wenn Yvi fastet, oder?" Genoveva musste herzhaft lachen, sie hatte bereits den gleichen Gedanken gehabt.

Zufrieden mit sich und der Welt wollte Genoveva den Abend auf der Couch verbringen, etwas lesen oder vielleicht fernsehen. Nein, das stimmte nicht. Eigentlich wollte sie den gesamten Tanzabend bei Konstantin noch einmal erleben. Sie hatte sich die ganze Woche jeden Gedanken daran untersagt. Gerade als sie es sich bequem machen wollte, empfing sie eine Nachricht, „Jungfernfahrt der Konstanz, morgen Samstag, 17 Uhr. Bitte pünktlich am Anlegesteg Nummer 4." Genoveva kuschelte sich überglücklich in ihre Decke: „Was für ein verrückter Kerl! Was hat er sich jetzt wieder einfallen lassen?" Sie dachte nicht mehr an die Tangonacht, stattdessen überlegte sie, was sie für eine Jungfernfahrt anziehen sollte.

„Mama, bitte!" Damian bearbeitete Genoveva, dass sie bei Lorenzo ein gutes Wort für ihn einlegen sollte: „Es wäre doch nur für ein halbes Jahr!" Er studierte Maschinenbau und wollte für ein Auslandssemester nach China: „Das Unternehmen ist Weltmarktführer bei Raupenkränen für Windenergieanlagen! Das ist eine einmalige Chance für mich!" „Kannst du überhaupt chinesisch?", fragte Genoveva. „Mensch, Mama! Jetzt stell dich nicht blöd!", reagierte Damian gereizt. „Was treibt eigentlich deine Schwester?" Genoveva sprach nicht aus, dass ihr der Gedanke, Damian im Ausland zu wissen, nicht behagte. „Was interessiert mich Mariella! Ruf sie doch selber an! Mama, bitte rede mit Papa! Mir zuliebe!" „Gut. Ich rufe ihn an." Genoveva hasste Damians Sturkopf. Eigentlich war ihr klar, er würde sein Vorhaben mit und ohne Unterstützung seiner Eltern durchsetzen. Sie wählte Lorenzos Nummer. „Hallo. Mit deinem Anruf habe ich schon gerechnet", begrüßte sie Lorenzo. Mit knappen Worten teilte er ihr mit, dass er sich bereits entschlossen hatte, Damians Pläne zu finanzieren: „Weißt du, ich will ihn nur ein wenig zappeln lassen. Er meldet sich nur, wenn er Geld braucht." Genoveva pflichtete Lorenzo bei. Damian erinnerte sich meistens nur an seine Eltern, wenn er etwas brauchte. Für Lorenzo war Geld kein Thema. Als Pilot eines deutschen Luftfahrtkonzerns verdiente er überdurchschnittlich. „Sag Damian, dass du ihm das Geld gibst!" Genoveva verabschiedete sich von Lorenzo und legte den Hörer auf.

Kapitel 18

Zwei auf einer Yacht

Fröhlich hüpfte Genoveva später am Tag den Anlegesteg entlang. Die weiße Jeans schmeichelte ihrer Figur, unter dem blau weiß gestreiften Pulli trug sie ein dunkelblaues Poloshirt. Sie setzte eine Sportmütze auf und klemmte sich die Sonnenbrille mit einem Bügel in den Ausschnitt. Sie schirmte die Sonnenstrahlen mit der Hand ab und hielt Ausschau nach Konstantin. Er kam ihr bereits entgegen. Eine Hand steckte in seiner weißen Hose, in der anderen hielt er einen dunkelblauen Strickpulli, mit dem er Genoveva winkte. „Das wird heute ein herrlicher Tag, das Wetter ist perfekt." Lächelnd umarmte er Genoveva und drückte ihr einen Kuss auf die Stirn. Gut gelaunt half er Genoveva auf die Yacht. „Schau dir alles an", forderte er sie auf: „Ich möchte nur zügig aus dem Hafen raus. Wir sind heute nicht die Einzigen." „Ja, gerne!" Genoveva kehrte den blinkenden Armaturen den Rücken und stieg die Marmorstufen hinab. Sie wollte sich erst einmal unter Deck alles ansehen und vielleicht doch ein wenig grübeln. Sie hatte sich ganz fest vorgenommen, den heutigen Ausflug mit normaler Konversation zu starten, nur wollte ihr kein Thema, über das sie hätten reden können, einfallen. Gedankenverloren betrat sie die Kabine und staunte: „Wow, ganz schön luxuriös!" Knöcheltief versank sie im weichen Teppich und schritt in Richtung Bett. Vorsichtig nahm sie Platz und sah sich um. Alles blitzblank, das Mahagoniholz an den Wänden spiegelte ihre Silhouette wider und langsam begriff Genoveva, Konstantin musste steinreich sein, wenn ihm diese Yacht gehörte. Sie stand auf, wagte einen Blick ins Badezimmer und in die Küche. Glamourös, elitär, edel, nobel, sie streifte sich ihre Pumps ab. Plötzlich befürchtete sie, sie könnte Kratzspuren in den eleganten Böden hinterlassen. Der Salon in seiner Inselform war wirklich eine architektonische Raffinesse. Wieder an Deck stockte ihr erneut der Atem. Ein langer Esstisch, mehrere Stühle und ein Sofa bildeten eine gemütliche Sitzecke. Sie schlenderte einige Schritte rückwärts, denn sie wollte die Lounge mit ihren Ledermöbeln aus größerer Entfernung betrachten. „Vorsicht! Hinter dir ist der Whirlpool!" Erschrocken drehte sich Genoveva um und jetzt fehlten ihr wirklich die Worte. Sie bückte sich und ließ ihre Hand in das Wasser gleiten: Angenehme Temperatur, dachte sie. „Fang!" Konstantin warf ihr ein Handtuch zu und bedeutete ihr, sie solle es sich auf einer der Sonnenliegen bequem machen. „Hier, damit geht's wohl besser!", schmunzelte Konstantin und reichte ihr ein kleines Päckchen. Sie murmelte ein „Dankeschön" und öffnete es vorsichtig. Sie streifte das Seidenpapier ab und zum Vorschein kam ein Bikini. Hocherfreut über das süße Geschenk atmete Genoveva durch und ging erneut unter Deck, um sich umzuziehen. Sie war bereits nervös, weil sie befürchtete, später mit unangenehmen Schweißflecken unter den Achseln herumlaufen zu müssen. Was es wohl bedeutet, dass er einen Bikini in Rot ausgesucht hat?, fragte sie sich und machte es sich auf der Liege bequem. „Meiner Firma ist ein Riesencoup gelungen und das feiern wir heute!" Erstaunt blickte sie Konstantin an. Doch er ließ sich nicht beirren und plauderte munter drauflos. Nach anfänglichen Schwierigkeiten erwies sich der neue Raupenkran als Zugpferd und es hagelte Bestellungen von Großfirmen: „Ich werde eine Wohnung in Hongkong mieten. Und dich nehme ich mit!" Er klang stolz und selbstsicher.

„Wir haben im asiatischen Raum Fuß gefasst! Mein letzter Aufenthalt dauerte mehrere Wochen. Aber es hat sich gelohnt. Dich packe ich bei der nächsten Reise mit ein. Dann macht es auch nichts, wenn ich mein Handy zu Hause liegen lasse." Er wirkte locker. Genoveva hörte zu und stellte zwischendurch ein paar Fragen. Viel mehr genoss sie jedoch seinen Anblick. Irgendwie bedauerte sie es im Moment, dass ihre sexuellen Zusammentreffen so rasant im Höhepunkt mündeten. Er hatte sein Hemd ausgezogen und sie konnte sich nicht sattsehen. Unter seiner gebräunten Haut zeichneten sich stählerne Muskeln ab. Sie betrachtete seine Oberarme, seine Brust, seinen Bauch und entdeckte kein Gramm Fett. „Hörst du noch zu?" Konstantin grinste. Er schien ihre Gedanken zu erraten und machte sich daran, seine Hose auszuziehen. „Du segelst doch nicht nackt, oder?" Genoveva richtete sich auf. „Nein, in Badehose." Das Segel bauschte sich und er manövrierte die Yacht lässig und vorausschauend. Schnell ließen sie den Anlegesteg hinter sich. In Gedanken saß Genoveva auf seinen Oberschenkeln und er musste seine Frage zweimal stellen: „Erzähl mir von dir! Ich weiß gar nicht, was du so gemacht hast in den letzten Monaten." Genoveva dachte kurz nach. Lieber wollte sie ihm zuhören. Im Vergleich zu seinem Job kam ihr die eigene Arbeit uninteressant und nichtssagend vor. Sie speiste ihn mit ein paar Anekdoten ab, was Konstantin bemerkte: „Wie geht es deinen Freundinnen? Die eine sagte im Quez Querin, du sollst ihr den Eimer halten beim Kotzen!"

„Apropos Quez Querin, was sollte das auf der Toilette?", Genoveva packte die Gelegenheit beim Schopf. Die Frage hatte sie ihm in Gedanken schon tausend Mal gestellt. „Ich war eifersüchtig", gab er ohne Umschweife zu: „Bernd nannte dich Tiger. Also nicht direkt. Wir saßen in der Sauna und er wollte wissen, welcher Tiger mir die Kratzspuren verpasst hat." Genoveva errötete. „Du bist süß!", neckte sie Konstantin. „Also, was hat es mit dem Eimer auf sich?" Er lachte herzlich, als sie von Yvis Weisheitszahn erzählte. „Hier ankern wir", beschloss Konstantin und traf die nötigen Maßnahmen. Er kam zurück und hob sie von der Liege: „Jetzt gehörst du mir! Jeden Zentimeter nehme ich mir vor! Wir haben uns viel zu wenig Zeit gegönnt." Genovevas Herz setzte einen Schlag aus: „Ja, das wünsche ich mir!" Er setzte sie am Whirlpool ab: „Ich mag deine blonden Haare. Und deine klaren, blauen Augen machen dem Himmel Konkurrenz!" Das unerwartete Kompliment verschlug Genoveva die Sprache. „Und dein Blick! Wenn du nicht weißt, was du sagen sollst! Unbeschreiblich schön!" Er streichelte ihre Wange: „Deine zarten Gesichtszüge wecken den Beschützerinstinkt in mir." Seine Offenheit überraschte Genoveva. „Komm. Rutsch her!" Er öffnete ihr Bikinioberteil und legte es beiseite: „Schau! Deine Brüste passen exakt in meine Hände", er umfasste sie beide und liebkoste sie einen kurzen Augenblick mit dem Mund. Er drehte ihren Oberkörper, sodass sie ihm gegenübersaß. „Du besitzt eine gertenschlanke Taille. Dein Bauch ist flach und du hast keine Muskeln", er begutachtete sie und scheute sich nicht davor, alles, was er dachte, auszusprechen. „Reich mir deine Hände." Sie folgte und er tätschelte sie: „Nicht viel größer als Kinderhände! Und du hast nicht die geringste Ahnung, was du in mir auslöst, wenn du mich berührst!" Er legte ihre Hände auf seine Brust und schaute ungeniert auf ihre Beine: „Wenn du hohe Schuhe trägst, dann werden deine Wadenmuskeln sichtbar." Genoveva fühlte sich berauscht. „Dein Po macht mir am meisten zu schaffen. Am Flughafen fiel es mir schwer, dich nicht anzufassen. Ihn in den engen Jeans zu sehen, machte mir einen Ständer." „Ich. Äh …" Sie wollte etwas sagen. „Pst! Hör mir zu!" Er legte einen Zeigefinger auf ihren Mund. „Du hast maximal Schuhgröße 36. Beim Orgasmus drückst du zuerst deinen Rücken durch, dann ziehen sich deine Zehen nach oben, du entwickelst eine Kraft mit den Oberschenkeln, die mir Rätsel aufgibt. Und sobald deine schmale Taille bebt, ist es mir nicht mehr möglich, mich zu bremsen. Ich kann es dann kaum erwarten, dass sich deine Muschi anspannt." Er küsste sie auf die Stirn: „Du bist angespannt und erregt zugleich. Ich sehe es. Wenn ich jetzt anfange, mit dir rumzumachen, dann garantiere ich dir, ich kann mich nicht beherrschen!"

Kapitel 19

Von Kopf bis Fuß

Konstantin zog Genoveva in den Whirlpool: „Das warme Wasser und das leise Surren der Düsen wird mich beruhigen." Er holte sie auf seinen Schoß und sie stöhnte, als sie sein steifes Glied fühlte. Er massierte ihren Nacken: „Ich will deine Brüste spüren." Er drückte sie fester an seinen Oberkörper. Sie legte die Arme um seinen Hals. Jeder Herzschlag steigerte ihre Erregung. Zärtlich zeichnete sie feine Spuren in sein Gesicht und er hob ihren Kopf, um sie zu küssen. Er hatte keine Eile. Seine Finger gruben sich in ihre Hüfte. Es war ein angenehmer Druck und noch angenehmer empfand sie es, als er mit der anderen Hand begann, ihre Brust zu massieren. „Verhütest du?", wollte er wissen. Genoveva verneinte. „Ich werde aufpassen." Er streifte die Shorts ab, ohne sie loszulassen. Seine Finger glitten in ihre Vagina: „Sag mir, dass du mich willst!" Er atmete schwer. „Ich will dich! Jetzt und gleich!" Sie wollte ihn unbedingt. Sie erwartete einen kräftigen Stoß. Doch Konstantin schob seinen stahlharten Penis in Zeitlupe in ihre Scheide. Gemächlich ließ er sein Becken kreisen und rieb mit dem Daumen ihre Klitoris. Er steigerte seine Geschwindigkeit nicht: „Du bist wie eine Perle! Fest und rund zugleich!" Er trieb Genoveva schier in den Wahnsinn. Es waren seine Worte, die sie andächtig zum Höhepunkt brachten: „Sieh mir in die Augen! Ich will es sehen!"

Genoveva öffnete die Augen. Wie er sie begehrte! Sein Verlangen raubte ihr den Atem. Sie drückte ihre Hände auf seine Brust, er merkte ihr Hohlkreuz und gerade, als sie ihre Zehen nach oben zog, stieß er dermaßen heftig zu, dass Genoveva glaubte, in ihr entlade sich ein Munitionslager mit einer Million Schüsse. Sie umklammerte ihn mit den Beinen. Nur aus weiter Ferne hörte sie: „Bitte, lass mich los!" Wie von einer Tarantel gestochen sprang er aus dem Pool und ejakulierte in seine Shorts.

Genoveva stützte sich mit den Armen am Rand ab, paddelte mit den Beinen im Wasser und genoss die letzten Nachwehen ihrer Erregung. Stolz breitete sich in ihr aus, als sie Konstantin so liegen sah. Sein Glied erschlaffte und das restliche Sperma trocknete auf seiner Haut. Blinzelnd hob er den Kopf und schaute in ihre Richtung: „Na du, alles in Ordnung?" „Ja!" Elegant schwang sie sich aus dem Pool und setzte sich im Schneidersitz neben ihn. „Dein freizügiger Anblick macht mich gleich wieder geil!" Er zog sie in seine Arme und drückte sie herzlich: „Komm! Lass uns duschen und dann kochen wir." Erst jetzt merkte Genoveva, wie hungrig sie war. Leider hatte Konstantin keine gemeinsame Dusche vorgeschlagen. Sie ging alleine, ließ sich Zeit und genoss die Wasserstrahlen auf ihrer Haut.

Konstantin rief nach ihr. Sie kämmte sich die nassen Haare zurück und traf Konstantin dann in der Küche. Eifrig werkelte er: „Kann ich dich für leichte italienische Küche begeistern?" „Immer!" Sie strahlte ihn an. Er hob sie auf den Tisch: „Du darfst zusehen!" Beschwingt huschte er zum Kühlschrank, holte Tomaten und Mozzarella. Er steckte ihr ein Stück davon in den Mund und sagte: „Schön, dich zu kennen. Ein Königreich für den Besen, der es schafft, deinen Kopf so leer zu fegen!" Genoveva zuckte zusammen: „Es erstaunt mich, wie gut du mich kennst." „Ich werde dir noch mehr über dich verraten." Konstantin stellte einen Topf mit Salzwasser auf die Herdplatte. Sie beobachtete jeden seiner Handgriffe, wie er die Nudeln in das kochende Wasser gab, seine Hände mit dem Geschirrtuch sauber machte. Er lächelte Genoveva an und stubste sie: „Warum sagst du nichts?" Ihre Kehle war wie zugeschnürt und sie brachte keine Silbe heraus. „Aber für den Anfang werde ich dir helfen", die Nudeln schwammen im Wasser und er blieb vor Genoveva stehen. Er nahm ihre Hand und legte sie auf seinen Kopf: „Schließe deine Augen. Taste, fühle und male mit Worten." „Haare. Sie sind nass, aber geschmeidig. Volles, langes Haar." „Geht doch!", Konstantin streichelte ihr über den Kopf, als wäre sie ein Schulmädchen. „Wir malen später weiter", er grinste und bedeutete Genoveva, sich an den Tisch zu setzen.

Nach dem Essen gingen sie auf das Deck und genossen den Sonnenuntergang. Konstantin umarmte Genoveva: „Bleib heute Nacht hier!" Völlig perplex rückte Genoveva ein Stück beiseite. Sie antwortete nicht. Sie wollte aufstehen, doch er hielt sie an den Handgelenken fest: „Nicht ablenken. Antworte: Bleibst du über Nacht?"

Kapitel 20

Erholung Exerzitien?

„Na prima. Ich sagte doch, wir müssen rechts abbiegen! Du hörst einfach nicht zu!" Jana stritt heftig mit Caro. Genoveva, Yvi und Soé saßen auf der Rücksitzbank. Keine mischte sich ein. Erst gegen 21 Uhr trafen die Frauen im Kloster ein. Die Irrfahrt beendete Pater Arnold persönlich. Er dirigierte sie per Telefon ins Kloster. Dort kümmerte sich Yvi um die Anmeldung. „In einer Viertelstunde empfängt uns Pater Arnold", richtete sie den Freundinnen aus. Wortkarg saßen sie in der Halle. Das Pendel der Uhr klang unnatürlich laut. „Wah! Ich halte jetzt diese Uhr an! Das ist ja die reinste Folter!" Gerade als Soé sich an der altertümlichen Uhr vergreifen wollte, kam Pater Arnold: „Die Stille führt uns Gottes Gegenwart vor Augen. Nehmen Sie doch die Uhr zum Anlass, um in sich hineinzuhören." Er schmunzelte: „Sie werden ausreichend Gelegenheit haben. Die Exerzitien finden im Schweigen statt." „Ab wann gilt das Schw...?" „Pst! Ab sofort!" Verwirrt folgten die Frauen dem Pater. Der Reihe nach schloss er jeder eine Zelle auf und nahm ihr das Mobiltelefon ab. „Das gemeinsame Gehen befreit. Menschenwort und Gotteswort finden zusammen. Höre und neige das Ohr deines Herzens." Auf grünem Papier reichte er allen die Nachricht und schickte sie schlafen. Genoveva sah sich in der Zelle um. Es gab ein Bett, einen wackeligen Tisch mit Stuhl, eine Waschstelle. Sie dachte an Caro: Die hat sich bestimmt schon verzupft. Sie beneidete die Freundin, denn sie verspürte immer noch keine große Lust, die nächsten Tage im Kloster zu verbringen. Genoveva zog sich Nachtwäsche an und legte sich ins Bett. Jetzt habe ich gezwungenermaßen Zeit, über mich und Konstantin nachzudenken.

Soé indes saß am Bettrand. Soé Stögen, wie wäre wohl dein Leben verlaufen, hättest du das Baby bekommen? Nach 16 Jahren stellte sie sich erstmals diese Frage. Hätten Jan, das Kind und ich eine Zukunft gehabt?

Zum Glück habe ich Jakob gefunden. Ohne ihn könnte ich vom Hof nicht weg. Es wird Zeit, meinen Freundinnen die Wahrzeit zu sagen. Jana verkrümelte sich unter die Bettdecke. Ihre Gedanken kreisten um Jakob: Ob er jemals wieder sprechen wird? Die Ärzte sagten, es sei ein psychosomatisches Problem. Jana wünschte sich nichts sehnlicher, als dass Jakob mit ihr reden würde.

Yvi trippelte nervös in ihrer Zelle auf und ab. Ich ticke wie eine Bombe! Sie fühlte sich kurz vor einer Explosion. Und sie schämte sich. Rückgängig machen geht nicht. Verzeihen werden sie mir auch nicht.

Ein Klopfen weckte die Frauen um fünf Uhr morgens. Pater Arnold verteilte erneut Denk-Zettel: „Exerzitien sind ein Übungsweg, der helfen will, feinfühlig zu werden für die Gegenwart Gottes im eigenen Leben und im Leben anderer." „Frühstück gibt es in zehn Minuten." Des Paters versteinerte Miene schüchterte die Freundinnen ein. Keine sagte ein Wort und schweigend saßen sie kurz darauf im Speisesaal. „Auf dem Speiseplan stehen täglich verschiedene Teesorten. Trinken Sie viel." Pater Arnolds strenge Stimme erlaubte keine Widerrede: „In einer halben Stunde sehen wir uns an der Klosterpforte." Genoveva empfand seinen undurchdringlichen Blick als unangenehm: Ich glaube, der sieht es mir an der Nasenspitze an, dass ich eine Sexbekanntschaft pflege. Jana dagegen fühlte sich wohl: Was zählen schon viele Worte. Eigentlich zählt doch nur, dass man weiß, was der andere fühlt. Soé wirkte stoisch, obwohl die Gedanken an die Vergangenheit sie zunehmend aus der Bahn zu werfen drohten: Ich muss Jan treffen. Niemals habe ich einen Mann so geliebt wie ihn. Yvi zappelte wie ein Fisch, sie trommelte mit den Fingern auf die Tischkante und ihre Beine wollten nicht stillhalten. Wie komme ich mit mir ins Reine? Es muss doch einen Weg geben! Warum macht der sture Pater nicht seinen Mund auf und redet mit mir? An der Klosterpforte reichte Pater Arnold den Frauen eine Karte. „Folgt dem Weg der Stille." Er drehte sich um und verschwand. Regungslos standen die vier da. Jana begann, die Karte zu studieren, und zeigte Richtung Wald. Die anderen nickten. Genoveva knurrte der Magen und vom vielen Nachdenken wurde ihr schlecht. Ihre Laune rutschte in den Keller. Wandern war ohnehin nicht ihr Fall. Rund eine Stunde stapften die Frauen durch den Wald. Zwischen Birken und Eichen spazierten sie leicht bergauf. In Steinsäulen waren die 14 Kreuzwegbilder geschlagen. Oben angekommen, sahen sie sich drei menschengroßen Kreuzen gegenüber. Aus einem Brunnen sprudelte Wasser. Jana gönnte sich als Erste einen Schluck. Sie drehte sich um und bedeutete den Freundinnen, es ihr gleichzutun. Die Holztüre der angrenzenden Kapelle war nur angelehnt und Genoveva ging hinein. Mittlerweile war sie zu dem Entschluss gekommen, sich für Konstantin zu öffnen: Ich mag ihn. Jana setzte sich zu ihr. Yvi trabte vor der Kapelle wie ein aufgescheuchtes Pferd hin und her. Sie beruhigte sich, als Soé sie bei der Hand nahm und in das kleine Gotteshaus führte. Die Freundinnen verloren jegliches Zeitgefühl, sie saßen einfach nur da. Es polterte und erschrocken drehten sie sich um. Es war Pater Arnold: „Der Herr ist mein Hirte; mir wird nichts mangeln. Er weidet mich auf einer grünen Aue und führet mich zum frischen Wasser. Er erquicket meine Seele. Er führet mich auf rechter Straße um seines Namens willen. Und ob ich schon wanderte im finstern Tal, fürchte ich kein Unglück; denn du bist bei mir, dein Stecken und Stab trösten mich. Du bereitest vor mir einen Tisch im Angesicht meiner Feinde. Du salbest mein Haupt mit Öl und schenkst mir voll ein. Gutes und Barmherzigkeit werden mir folgen mein Leben lang, und ich werde bleiben im Hause des Herrn immerdar." Noch nie hatte Genoveva dem Hirtenpsalm so viel Energie abgewinnen können wie in dieser Kapelle aus dem Mund eines einsiedlerischen Paters. Yvi schmiegte ihren Kopf an Soés Schulter. Tränen kullerten ihr über das Gesicht.

„Hat es euch die Sprache verschlagen?" Caro holte die Frauen am Sonntagabend zur vereinbarten Stunde ab: „Huhu? Ich bin neugierig! Jetzt sag doch eine was!" „Biege links ab und dann gleich noch mal links!", rief Soé unerwartet. Caro setzte den Blinker, murrte aber: „Das ist definitiv nicht die schnellste Route." Soé dirigierte Caro über Landstraßen. Yvi döste vor sich hin. Jana und Genoveva waren zu erschöpft, um sich einzumischen. „Stop! Anhalten!", befahl Soé nach zwei Stunden Umweg durch die Landschaft. „Hier? Mitten in der Pampa? Du spinnst doch!" Caro stellte den Wagen ab. „Los! Aussteigen!" Soé sprang aus dem Wagen und rannte los. Die Freundinnen folgten ihr verdutzt. „Jetzt warte doch! Es ist stockfinster! Wir verlieren uns!", befürchtete Genoveva. Doch Soé legte noch einen Zahn zu. Die Frauen hatten reichlich Mühe, hinterherzukommen. „Da vorne muss es sein!" Soé blieb stehen und wartete. „Was ist da vorne?", wollte Jana wissen. „Kommt. Ich zeige es euch!" Soé hakte sich bei Yvi unter und schritt voran. „Wenigstens scheint der Mond." Caro griff nach Janas und Genovevas Hand: „Ich habe keine Lust, in der Finsternis zu stürzen." Querfeldein entführte Soé die Freundinnen zu einer heruntergekommenen Kapelle. Sie rüttelte an der Türe: „Zum Glück offen. Genoveva, hast du ein Feuerzeug? Ich sehe nichts." „In meiner Handtasche. Und die liegt im Auto." „Nimm mein Handy." Yvi machte die Taschenlampe an. „Was suchen wir?", wollte Jana wissen. Unbeeindruckt durchsuchte Soé den Altar. „Es gibt einen Ritz, da muss ein Umschlag drinstecken." Die Frauen tasteten allesamt den Altar ab. „Was macht ihr da? Seid ihr verrückt?" Eine barsche Stimme ließ die Freundinnen zusammenzucken. „Hier gibt es nichts Wertvolles zu stehlen. Ich sperre euch ein und rufe die Polizei!" Die Tür fiel ins Schloss und sie hörten, wie jemand den Schlüssel umdrehte. „Oh Gott, Soé! Wir werden verhaftet!" Genoveva hörte auf zu suchen und befahl: „Nichts mehr anfassen! Unsere Fin-

gerabdrücke sind sonst überall!" „Oh, es wird spannend!"
Caro gefiel die Situation. „Ich hab ihn gefunden!" Soé
wedelte mit dem Umschlag. „Setzt euch zu mir. Ich lese
euch vor: ‚Soé und Jan im März 2001. Unser Junge heißt
Frederik, unser Mädchen heißt Elena. Gott, wir bitten
dich um den Segen für unser Kind, auch wenn wir nicht
heiraten.'"

Kapitel 21

Romantik tropfnass

Regen peitschte Genoveva ins Gesicht. Konstantin legte schützend den Arm um sie: „Komm! Wir haben es gleich geschafft!" „Das sagst du seit einer Stunde!" Genoveva, tropfnass, glaubte ihm kein Wort mehr. Die Kapuze tief ins Gesicht gezogen, stolperte sie neben ihm her. „Da ist es!", rief Konstantin erleichtert. Er kramte in seiner Jackentasche: „Verdammt, der Schlüssel liegt im Auto!" Ungläubig starrte ihn Genoveva an. „Geh bitte einen Schritt zurück", wies er sie an. Er hob einen Stein auf und schlug die Fensterscheibe ein. „Komm, zierliches Persönchen! Ich passe garantiert nicht durch!" Konstantin schlug mit dem Ellbogen nach, zog den Jackenärmel über das Handgelenk und fegte die Glassplitter beiseite. Er packte sie und hob sie unwirsch auf den Fenstersims: „Du kannst die Türe von innen öffnen!" Linkisch stopfte er sie durch das Fenster und sie hatte Mühe, auf den Beinen zu landen. Es war stockfinster in der Hütte. „Almwirt als Retter in der Not! Spielplan: Sexy Wandermaus wird von Unwetter überrascht", eigentlich hatte sich Genoveva auf die Verabredung gefreut. Konstantin bombardierte sie mit Nachrichten, und sie konnte nur hoffen, dass Pater Arnold sie nicht gelesen hatte. Konstantin verlor kein Wort darüber, dass sie nicht übernachten wollte. Genoveva jedoch bedauerte ihre Entscheidung.

Eigentlich hätte sie gerne die Nacht mit ihm verbracht. Sie befürchtete allerdings, ihre Tage zu bekommen. „Ich muss mir das jetzt immer mitschreiben!", nahm sie sich fest vor. Eine peinliche Überraschung dieser Art wollte sie keinesfalls riskieren.

„Wie hast du das mit dem schlechten Wetter hinbekommen?" Genoveva stemmte sich gegen die Tür. Starke Windböen machten es fast unmöglich, sie offen zu halten. „Wenn wir schon spielen, dann nur mit authentischer Kulisse." Konstantin trat ein und die Tür knallte ins Schloss. Um Genovevas Beine bildete sich ein See. Sie bibberte vor Kälte und ihre Zähne klapperten. „Zieh dich aus! Ich heize ein." Konstantin zog sich komplett aus. Seine Kleidung hängte er über einen Stuhl. „Gib mir deine Sachen." Sie gehorchte. Splitternackt zitterte sie wie Espenlaub. „Hier, wickle dich ein. Ich bin gleich so weit." Er reichte ihr eine Decke, wickelte sich ein Handtuch um und befeuerte den Kamin. Genoveva schaute sich um. Das winzige Haus gefiel ihr. Sie standen im Wohn- und Essraum. Es gab zwei weitere Türen. Sie vermutete dahinter ein Bade- und ein Schlafzimmer. „Leider gibt es keinen Strom", sagte Konstantin und zündete eine Petroleumlampe an. „Das Haus habe ich mir mal geleistet, als ich eine Auszeit brauchte." Er wirkte, als würde er den Kauf im Moment bedauern. Das Feuer knisterte, doch warm wurde es nicht. Konstantin zog den Schaukelstuhl zur Feuerstelle, setzte sich hinein und winkte Genoveva: „Komm, setz dich auf meinen Schoß! Du erfrierst ja gleich." Sie ging zu ihm. „Gib mir erst die Decke." Konstantin breitete sie im Schaukelstuhl aus, setzte sich und zog Genoveva auf seinen Schoß. Mit der Decke umwickelte er sie beide. Er rieb Genovevas Rücken und Oberarme: „Gleich wird dir wärmer." Sie legte den Kopf auf seine Schulter und zog ihre Beine an. „Vergrab deine Füße unter meinen", Konstantin streichelte ihr Gesicht und sie machte die Augen zu. Sie spürte sein Herz klopfen. Es schlug rhythmisch durch seine Brust gegen ihren Rücken. Seine Oberschenkel spannten sich unter ihrem Hintern an. „Tut das gut", seufzte Genoveva. Konstantin wickelte sich eine Haarsträhne von ihr um den Finger und hauchte ihr zarte Küsse auf den Nacken. Genoveva überzog erneut eine Gänsehaut, diesmal nicht, weil es ihr kalt war. Er flüsterte ihr ins Ohr: „Ich muss mit dir schlafen!" Er spreizte ihre Beine und in der nächsten Sekunde steckte er seinen Schwanz in ihre Scheide. Genoveva presste ihre Füße gegen die Stuhllehne. Konstantin hob und senkte sein Becken. Er stieß kraftvoll zu und packte sie bei der Hüfte. Genoveva spürte seine Brustmuskeln auf ihrem Rücken und er stöhnte laut. Er ließ sie mit einer Hand los, um ihre Klitoris zu massieren. Sie spürte, wie sich seine Oberschenkel zunehmend anspannten, und als er ihr in den Nacken biss, konnte Genoveva nicht mehr zurück. Sie drückte ihren Rücken durch, spreizte Hände und Füße gegen die Stuhllehne. Konstantin packte sie an den Schultern und zog sie an seine Brust zurück. Er wollte ihr bebendes Becken spüren. Ein ekstatisches Glücksgefühl stieg über das Rückenmark in ihr auf und überschwemmte ihren Körper. Konstantin streichelte sie weiter und zog sein Glied heraus. „Befriedige mich!", flehte er: „Öffne die Augen, reibe meinen Schwanz und sag mir, was du siehst!" Sie ließ die Hände wandern: „Dein Mund ist geöffnet", sie näherte sich seinem Gesicht: „Du atmest heftig und unkontrolliert." Sie leckte seine Lippen: „Unheimlich männlich, wie dein athletischer Brustkorb vibriert! Deine Haut ist gerötet und deine Brustwarzen sind aufgerichtet!" Sie saugte daran. „Deine pulsierenden Adern treten hervor." Sie rutschte vom Schaukelstuhl: „Dein Schwanz ist stahlhart!" Sie spuckte auf seine Eichel und rieb den Daumen darüber. „Ich sehe deine ange-spannten Oberschenkel." Sie rieb seinen Schwanz inten-siver. „Er pulsiert und ich spüre, wie er zuckt!" Genoveva vermehrte den Druck. „Ich fühle, wie es dir kommt!" Er spritzte ab und sie richtete sich auf: „Du siehst friedlich aus, wenn sich dein Körper entspannt."

Sie blieben im Schaukelstuhl sitzen. Konstantin wiegte sie beide. „Wie waren die Exerzitien?", wollte er wissen. Genoveva musste lachen: „Wir wurden beinahe verhaf-tet." Warum sie in der Kapelle waren, erzählte sie nicht. „Der Kirchenpfleger dachte, wir sind Räuber und hat uns eingeschlossen. Zum Glück hat er Soé wiedererkannt." Dass der Kirchenpfleger Jan hieß und Soé mit ihm nach Hause ging, das ließ sie weg.

Kapitel 22

Meerjungfrau gesucht

„Ich möchte ein Sabbatical machen." Yvi saß in Genovevas Küche. Sie zwirbelte eine braune Locke zwischen ihren Fingern. „Aha." Mehr wusste Genoveva auf Anhieb nicht zu sagen. „Ich fühle mich schlecht. Das Exerzitien-Wochenende brachte mir nicht die gewünschte Wirkung. Ich kann mich nicht mehr leiden." Yvi wirkte hilflos. „Wie willst du das anstellen mit deinem Arbeitgeber?", fragte Genoveva. „Die Freistellung hat mir mein Chef schon genehmigt. Ab 1. August habe ich ein Jahr frei." „Und finanziell?" Genoveva sorgte sich. „Geld ist das Allerwenigste, was mir fehlt. Davon besitze ich genügend." Vielmehr beschäftigte sich Yvi mit der Frage, wie sie das Jahr sinnvoll nutzen könnte: „Hast du schon mal jemanden interviewt, der so was gemacht hat?" „Katharina, die Wahlsennerin. Aber das war nur für acht Wochen." Genoveva wusste niemanden. „Warum fragst du nicht Jana? Auf ihrem Hof finden unzählige soziale Projekte statt. Oder Caro." „Das mit Franco und Sarah macht mich echt fertig. Und ich kann nicht sagen, warum das für mich so schlimm ist." Yvi runzelte die Stirn: „Ich hasse mich dafür." „Hast du mal daran gedacht, einen Psychologen aufzusuchen?", fragte Genoveva. „Ja", antwortete die Freundin knapp. „Und? Was meint der?", hakte Genoveva nach. „Sabbatical", wiederholte Yvi ihren Therapeuten,

„wenn Sie sich das leisten können." Erstaunt hörte Genoveva zu, als Yvi über ihre Finanzen berichtete: „Respekt. Dass du so viel Geld mit Online-Trading gemacht hast, das wusste ich nicht. Du bist ja steinreich!" „Du hast auch nie gefragt. Beeil dich! Wir sind spät dran." Yvi stand auf. Sie waren zum Frauenabend verabredet und Yvi bot an, Genoveva mitzunehmen. Im Auto unterhielten sich die beiden darüber, wie Yvi ihr Sabbatical gestalten könnte. „Was für ein Zufall! Ich auch!", rief Soé im Restaurant. Auf ihrem Zettel stand wie auf Yvis „Neuanfang". „Jan und ich haben uns ausgesprochen!", sprudelte sie los. Die Gefangenschaft in der Kapelle hatten die Freundinnen nicht vergessen. Soé hatte zuerst die dunkle, harsche Stimme nicht wahrgenommen. Einzig der Umschlag interessierte sie. Das vergilbte Papier in Händen saß sie einfach nur da. Immer wieder las sie die wenigen Zeilen. Yvi, Caro, Jana und Genoveva standen vor ihr, keine sagte ein Wort. Der Mann an der Türe polterte: „Die Polizei ist in zehn Minuten da!" „Polizei? Jan? Bis du das?" Soé landete abrupt in der Gegenwart: „Spinnst du? Komm rein, du Feigling!" „Soé? Was machst du in der Kapelle? Und wer ist mit dabei?", hallte es von draußen. Soé stand auf und ging zur Türe: „Du Vollidiot! Sperr sofort auf! Du kommst mir gerade recht!" „Meinst du nicht, es ist klüger, nett zu sein?", flüsterte Genoveva: „Der lässt uns sonst bestimmt nicht raus." Caro schob Genoveva in eine Ecke: „Lass sie streiten! Stell dir vor, die Polizei kommt wirklich! Das wird lustig, und wir haben ja nichts verbrochen!" Doch im Schloss bewegte sich was und Jan sperrte auf. Soé registrierte ihre Freundinnen nicht mehr: „Hier! Siehst du das?" Wie eine Furie schlug sie Jan den Umschlag ins Gesicht. „Soé! Du hier?", Jan öffnete die Arme und ging auf Soé zu. „Ja, ich hier! Du Arschloch!" Soé schubste Jan und er versuchte zaghaft, ihre Fäuste abzuwehren. „Lass uns reden!" Er packte Soé, legte sie über seine Schultern und ging mit ihr davon. Sie zappelte mit den Beinen und ihre Fäuste trommelten auf seinen Rücken. Die Freundinnen starrten hinterher. „Antun wird er ihr schon nichts", meinte Jana. „Ja. Und die Aussprache ist längst überfällig", rechtfertigte Caro die Nichteinmischung. Genoveva schaute Yvi an: „Weißt du mehr über Jan?" „Nein. Sie hat ihn mit keiner Silbe erwähnt." Yvi überlegte laut: „Sagt mal, ist das nicht der Neffe vom Doktor?" „Ja, der muss es sein! Er verbrachte die Sommerferien im Dorf." Jana schlug die Hände zusammen: „So ein Luder! Von wegen Lernen!" „Kommt. Wir fahren nach Hause." Caro trottete zurück zum Auto und die anderen folgten ihr.

„Wir haben uns versöhnt." Soé strahlte: „Ich habe ihm verziehen." „Du hast euer Kind abgetrieben. Wie kannst du das verzeihen?" Yvi rang um Worte. „Weil ich ihn liebe. Immer geliebt habe." Soé erzählte: „Er hat mir alle Briefe gezeigt, die er für mich schrieb. Nur zur Post hat er sie nicht gebracht. Es tut ihm leid." Die Freundinnen schwiegen und Soé berichtete weiter: „Wir waren beide jung. Wenn ich ehrlich bin, ich fühlte mich damals viel zu jung für ein Kind." Jan und Soé hatten sich während der vergangenen 16 Jahre völlig aus den Augen verloren. „Er ging als Berufssoldat nach dem Terroranschlag vom 11. September 2001 in New York in das Seegebiet am Horn von Afrika." Soé platzte vor Freude: „Und wisst ihr, wen er all die Jahre über mich ausgefragt hat? Nein? Ich sage es euch: den Doktor!" „Jetzt verstehe ich, warum der mich ständig nach dir gefragt hat." Genoveva wurde einiges klar: „Und ich dachte immer, der interessiert sich so für dich, weil du Krankenschwester auf der Geburtsstation bist und weil doch seine Frau Hebamme war." „Das hast du mir nie erzählt, dass du mit dem Doc über mich gesprochen hast! Ich hoffe doch sehr, du warst in einigen Punkten diskret!", scherzte Soé. Jan war vor zwei Monaten nach Hause zurückgekehrt und hatte gleichzeitig die Laufbahn als Zeitsoldat beendet. „Er arbeitet jetzt beim Bauhof und ist für die Kapelle verantwortlich. Die gehört nämlich nicht der Pfarrei, sondern ist Eigentum der Gemeinde." Soé beeindruckte die Freundinnen mit ihrer neu gewonnenen Ausgeglichenheit.

„Und dein Neuanfang?" Caro unterbrach Soé und schaute Yvi an. „Jana, kann ich bei dir ein Sabbatical machen?" Yvi fragte ohne Umschweife. „Gerne. Du musst mir nur sagen, was das ist." Jana kannte den Ausdruck nicht. Yvi fütterte die Freundin mit ein paar Stichpunkten und Jana kürzte ab: „Weißt du was, komm mich morgen besuchen und wir reden in Ruhe darüber." Yvi sagte zu und entschuldigte sich. „Sie wird von Treffen zu Treffen stiller." Caro sprach aus, was sich insgeheim alle gedacht hatten. „Auf dem Hof startet ein neues Projekt. Ich überlege mir was", versicherte Jana.

„Was meint ihr? Soll ich Nabelschnurblut für meine Kinder einlagern lassen?" Eine rhetorische Frage, denn Sam und Caro hatten sich bereits dafür entschieden. „Nabucco! Wir gehen in die Oper!" Genoveva wedelte mit den Karten: „Und wir singen mit dem Gefangenen-chor!" „Gutes Stichwort. Ich bin mit einem ehemaligen Gefangenen zusammen", fiel Jana Genoveva ins Wort. Stille. Kein Wort. „Hier, mein Zettel. Darauf steht Narbe. Mein Jakob hat eine hässliche Narbe auf der Nase. Er hat sie von einer Schlägerei." Immer noch Stille. „Wir sind seit knapp einem halben Jahr zusammen. Er arbeitet auf meinem Hof. Jakob ist stumm." Genoveva spielte mit ihren Händen und senkte den Blick. „Du hast es gewusst!" Soé erkannte sofort ihren Schlechtes-Gewissen-Blick. „Ich habe sie gebeten, nichts zu sagen", verteidigte Jana die Freundin. „Ich muss da jetzt nicht gleich etwas dazu sagen, oder?", drückte sich Caro vor einem Kommentar. „Sind Sie sicher? Ich habe nichts bestellt." Genoveva nahm ein Päckchen entgegen. „Genoveva Agstein. Das sind doch Sie?" Der Postbote nahm ihr eine Unterschrift ab. Genoveva setzte sich auf die Bank vor ihrem Haus und öffnete das Paket.

An die Meerjungfrau:

Übernatürlich. Weiblich. Du schöne Meerjungfrau!

Hilflos ich. Verfallen deiner Augen Blau.

Blond. Feste, süße Brüste.

Hilflos ich. Gefangener meiner Gelüste.

Verführerisch! Verlockend duftend deine Haut!

Hilflos ich. Wehrlos ergeben. Flehe laut!

Zauberhaftes Fabelwesen. Verwandle Fischleib in Beine!

Hilflos ich. Spiel verloren. Meine Kleine.

Beende mysteriöse Legenden und Sagen.

Hilflos ich. Hilf du: Beginnen und Wagen!

Dein Seemann

Genoveva legte das Stück Papier beiseite. Im Paket lag eine Meerjungfrauenflosse in ihrer Größe. Ein Gedicht. Aber was wollte Konstantin ihr damit sagen? Perplex konnte sie nur das Wörtchen „Beende" anstarren. „Macht er Schluss?" Genovevas Herz raste. Mit zitternden Knien ging sie ins Haus: „Ich rufe ihn an." Er hob nicht ab. Und er rief nicht zurück. Aufgewühlt flitzte Genoveva durch das Haus. Sie konnte sich keinen Reim auf das Gedicht machen. „Aber wenn er unsere Affäre beendet, warum schickt er mir dann die Flosse?" Genoveva zuckte zusammen, als ihr Telefon klingelte. „Agstein", meldete sie sich. „Ich bin's, Wendy." „Seit wann rufst du mit unterdrückter Nummer an?" Genoveva war enttäuscht. „Telefonanlage spinnt. Genoveva, heute habe ich keine guten Nachrichten. Im Verlag wird umstrukturiert. Sparen lautet der Befehl von oben." Wendys Stimme klang bestimmt. „Bedeutet was für mich?", wollte Genoveva wissen. „Eigentlich hast du Glück. Du schreibst gut und deine Artikel kommen bei der Leserschaft an", sagte Wendy. „Danke. Und was haben die Sparmaßnahmen mit mir zu tun?" Gereizt merkte Genoveva an: „Ich bin freiberuflich." „Eben. Der Verlag möchte sich einiger Freiberufler entledigen, vor allem derer mit hohem Zeilenhonorar." „Ich fühle mich nicht überbezahlt", sagte Genoveva trotzig. „Im Vergleich zu vielen anderen schon. Und jüngere Journalisten bieten ihre Arbeit für weitaus weniger Geld an." Wendy räusperte sich: „Hör mal, ich möchte dich nicht verlieren und habe der Verlagsleitung angeboten, dich für weitere Dienste zu akquirieren." „Klingt nicht logisch. Dann verdiene ich ja mehr statt weniger", konterte Genoveva ärgerlich. „Ich verleihe dich an die Anzeigenabteilung. Künftig wirst du auch PR-Texte verfassen." Wendys Ton duldete keine Widerrede. Genoveva sagte zu, obwohl sie werbliche Texte nicht ausstehen konnte. „Und wer zahlt, bestimmt die Musik." Genovevas Freude, beim Verlag bleiben zu können, hielt sich in Grenzen. Und Konstantin meldete sich nicht zurück. „Scheiß Tag", dachte Genoveva.

Genoveva spielte mit ihrem Kugelschreiber. Eine Stunde saß sie bereits im Büro einer Autowerkstatt. Wendy hatte ihr beim gestrigen Telefonat gleich den ersten Auftrag erteilt. Zum 50-jährigen Jubiläum wollte der Familienbetrieb großflächig inserieren. Ihr oblag es nun, Geschichte, Unternehmensphilosophie und natürlich den Aspekt „Beste, günstigste, zuverlässigste Werkstatt" in Worte zu kleiden. Je weiter der Uhrzeiger vorrückte, desto schwerer fiel es ihr, aufmerksam zu sein. Kurz nach Gesprächsbeginn vibrierte ihr Handy und Genoveva las die Nachricht: „Sorry, mein Liebling. Saß in einer Besprechung fest. Ich lade dich für heute ein. Freue mich! Bitte sei um 15 Uhr da. PS: Nimm die Meerjungfrauenflosse mit." In ihrem Kopf schwirrte Konstantins Gedicht. Sie konnte es mittlerweile auswendig.

Froh, sich endlich verabschieden zu können, stöckelte Genoveva davon. „Sie schicken uns den Text zum Gegenlesen?" „Ja. Sie erhalten einen Korrekturabzug mit Text, Foto und Inserat. Erst nach Ihrer Freigabe geht die Seite in Druck." Brav antwortete sie, wie Wendy es befohlen hatte.

„Komm mit in den Garten", Konstantin küsste sie auf die

Stirn. Er ging voraus. „Wow!" Genoveva staunte, als sie den Schwimmteich sah. Sie konnte keinen Anfang und kein Ende ausmachen. „Bitte zieh die Flosse an." Konstantin ließ sie am Steg stehen und verschwand. Sie stellte ihre Tasche ab und sah sich um. „Wird schon sonst niemand hier sein", beruhigte sie sich und legte ihre Kleider ab. Sie schlüpfte in die Flosse und setzte sich auf den Steg. Die Beine ließ sie ins Wasser hängen. „Konstantin?", rief sie nach ihm. Irgendwie kam sie sich blöd vor mit nacktem Oberkörper. Sie bedeckte ihre Brüste mit den Händen. Auf der gegenüberliegenden Seite raschelte es plötzlich im Schilf. Konstantin ruderte in einem gelben Gummiboot auf sie zu. Er trug eine Seemannsmütze und rauchte Pfeife. „Seemann, lass das Träumen", Konstantin sang aus Leibeskräften, „denk nicht an zuhaus. Seemann, Wind und Wellen rufen dich hinaus." Die Pfeife fiel ihm aus dem Mund, und als er danach griff, wackelte das Boot gefährlich. Konstantin konnte sein Gleichgewicht nicht halten und fiel ins Wasser. Genoveva konnte sich kaum halten vor Lachen. Tränen liefen ihr über das Gesicht. Konstantin schwamm auf sie zu. Er packte sie bei der Flosse und zog sie ins Wasser. Genoveva lachte immer noch. „Was sagt man dazu? Ich ertrinke fast und sie lacht mich aus?" „Es tut mir leid. Aber das ist zu komisch!" Er ließ sie los und tauchte unter. Genoveva paddelte wild mit den Armen: „Hilf mir! Ich kann nicht schwimmen!" Sie ging unter und schluckte Wasser. Konstantin packte sie bei den Hüften und hob sie hoch: „Alles in Ordnung?", fragte er besorgt. Sie hielt sich an seinen Schultern fest und hustete: „Nein. Ich kann mit der Flosse nicht schwimmen." Und wieder lachte Genoveva. Konstantin schwang sich auf den Steg und zog sie aus dem Wasser. Er wollte sie küssen. Aber Genoveva konnte nicht aufhören zu lachen. „Traurig, wenn dich meine Misere so erheitert", Konstantin tat beleidigt, und im nächsten Moment konnte sich Genoveva gar nicht mehr einkriegen. „Deine Heimat ist das Meer, deine Freunde sind die Sterne …", Konstantin sang weiter. Und Genoveva sang mit.

„Na du? Hast du dich beruhigt?", Konstantin streichelte Genovevas Bauch. Sie schloss die Augen. Lange Zeit lagen sie da und keiner sagte ein Wort. „Verstehst du es?", fragte Konstantin. „Was?", murmelte Genoveva. „Das Gedicht. Ich liebe dich." Durch Genoveva ging ein Ruck und sie schnellte mit dem Oberkörper in die Höhe. Gerade als sie etwas sagen wollte, legte er ihr den Zeigefinger auf den Mund: „Pst!" Ihr Herz raste und ihre Brüste hoben und senkten sich. Er legte seine Hand auf ihr Herz: „Du bist mein Fabelwesen, meine Meerjungfrau. Du hast meine Seele eingefangen. Ich komme nicht mehr los von dir. ,Verwandle Fischleib in Beine' bedeutet: Werde meine reale Frau. Ich habe mit den Rollenspielen die Kontrolle über mich verloren. Lass uns eine Beziehung beginnen."

Kapitel 23

Schnitzeljagd der Untoten

„Verflixt! Hast du eine Ahnung, wo wir sind?", keuchte Genoveva. Jana runzelte die Stirn: „Ungefähr." „Los, zeig mal her!" Yvi schnappte sich den Zettel. „Irgendwas mit ‚unzählige Menschenleben raffte er dahin – der schwarze Tod'. Makaber", brummte Soé. Die Frauen marschierten seit einer Stunde querfeldein. Heute war Caros Geburtstag. Ihr Wunsch: „Ich möchte feiern wie ein Kind! Für euch habe ich eine Schnitzeljagd im Erwachsenen-Format vorbereitet." Sie hatte die Frauen in ihr Elternhaus eingeladen. Es stand seit einigen Jahren leer. In dem kleinen Ort waren sie alle fünf groß geworden. Einzig Genoveva war nicht weggezogen. Sie heiratete Lorenzo vom benachbarten Ort und sie bauten auf dem Grund von Genovevas Eltern ein idyllisches Landhaus. Yvi und Soé hatten die Stadt bevorzugt. Caro bewohnte mit Sam eine Villa am Stadtrand. Jana hatte das Landgut ihres Onkels geerbt und es zum Pferdehof umgebaut. Knapp 50 Seelen zählte der Ort heute. Wenig begeistert schlüpften die Freundinnen in ihre Tarnanzüge. Caro liebte es, Spiele zu spielen. „Hier. Eure Gewehre!" Caro teilte die Attrappen aus. „Den Friseurbesuch hätte ich mir schenken können." Missmutig setzte sich Jana die Mütze auf. Soé befürchtete: „Müssen wir durch Dreck und Schlamm robben?" „Das gibt wieder Gerüchte hier, wenn wir so angezogen durch das Dorf jagen", klagte Genoveva. Caro grinste über das ganze Gesicht: „Ich bin neidisch! Leider verbietet mir mein Riesenbauch, mitzumachen!" Sie gab den Frauen den ersten Hinweis: „Er füllt aus den Totenschein, für das tote Gebein." Die Frauen marschierten los und es dauerte nicht lange, bis sie am Gartenzaun des pensionierten Arztes standen. „Wie alt ist er eigentlich?", fragte Jana. „Er wird im Dezember 75", sagte Genoeva. Er winkte aus dem Fenster: „Spielt ihr wieder Räuber und Gendarm?" Er hatte sie auf Anhieb erkannt. Die fünf Frauen hatten in ihrer Jugend so manchen Schabernack getrieben. „Schaut in den Briefkasten", half der Doktor. „Grausiger Fund! Tollwütiges Gebell! Lauft schnell!" „Sie kann es einfach nicht lassen", murrte Yvi. Keine der Frauen, außer Caro, erinnerte sich gerne daran zurück, dass sie als Kinder einen toten Fuchs aus dem Burggraben nach Hause gebracht hatten. Mit Strohhalmen wollten sie dem verstorbenen Tier Leben einhauchen. Stattdessen impfte der Doktor sie alle gegen Tollwut und im Ort wurden Schilder: „Achtung! Tollwutgefahr!" aufgehängt. Genovevas Mutter schämte sich dermaßen, dass sie dem Vater für Wochen verbot, sich im Wirtshaus sehen zu lassen. Es dauerte eine Weile, bis sie den nächsten Hinweis unter einem Stein fanden: „Unzählige Leben raffte er dahin – verbeulte Leichen, schwarzer Tod auf Erden." „Sie meint bestimmt den Pestfriedhof mit schwarzer Tod", überlegte Yvi. „Der ist mindestens drei Kilometer weit weg!", jammerte Genoveva. „Wir kürzen ab und laufen frei Gelände", beschloss Jana. Als sie den Pestfriedhof erreichten, dämmerte es schon. „Wo war gleich noch mal das Loch im

Zaun?" Soé konnte sich nicht erinnern. „Wir gehen rechts herum", sagte Jana und plötzlich hupte es. Die Frauen schrien auf und drehten sich erschrocken um. Auf dem Feldweg stand eine schwarze Limousine. Ein Skelett stieg aus: „Hallo, die Damen. Bitte einsteigen und umziehen." „Sam! Hast du uns erschreckt!" An der Stimme hatten sie Caros Ehemann erkannt. „Fahr langsamer!", befahl Jana: „Die Zeit ist eng und wir müssen noch in die Skelettanzüge rein!" Knapp zehn Minuten später standen die Frauen als Skelette Caro gegenüber. Die sagte: „Untot feiert es sich am schönsten! Kommt rein! Wir feiern Dia de Muertos! Es sind noch zwei Leichen gekommen!" Als schwangeres Skelett wirkte Caro unheimlich. „Wer sind die zwei?", wollte Genoveva wissen. „Pst! Nichts verraten. Es sind Jakob und Jan", flüsterte Caro. Sie hatte Jana gegenüber ein schlechtes Gewissen, weil sie sich beim Frauenabend nicht zu Jakob geäußert hatte. Also lud sie ihn kurzerhand ein. „Du hast mir eine unsäglich schöne Überraschung bereitet!" Jana bedeutete es sehr viel, dass die schwangere Caro ihren ehemaligen Sträfling akzeptieren wollte. Die Party trug unverkennbar Caros Handschrift. Sam lachte: „Ich habe einige Zeit gebraucht, alles nach ihren Vorstellungen zu arrangieren." Sam bot den Gästen eine Bloody Mary an und Caro zog sich zurück, angeblich um sich einige Minuten auszuruhen.

Genoveva hätte es nicht gewundert, wenn Jakob oder Jan Reißaus genommen hätten. Aus dem Keller hallte Franz Liszts „Trauriger Mönch", und die Grablichter ließen ihr einen Schauer über den Rücken laufen. Sam sammelte die Gläser ein und scheuchte sie alle in das stockfinstere

Wohnzimmer: „Stellt euch im Halbkreis auf!" „Ist das ein Sarg?", flüsterte Yvi Genoveva irritiert ins Ohr. Soé klammerte sich an Jan: „Ihre Partys sind legendär!" Jana und Jakob gingen einen Schritt zurück. Der Sargdeckel knarzte. Alle hielten die Luft an. Caro erhob sich aus der Totenlade und verfehlte dabei nicht die Absicht, ihre Gäste zu erschrecken. Sie warf Blumen: „Willkommen in Mexiko!"

Kapitel 24

Bube, Dame: Herzkönig

„Mein Stich!" Konstantin nahm den Grasober und das Herzass. Er saß mit Genoveva in ihrem Wohnzimmer. „Spielen wir mit offenen Karten." Unangemeldet war er plötzlich vor ihrer Tür gestanden und hatte ihr einen Stapel Karten unter die Nase gehalten. Bei jedem Stich durfte der Sieger eine Frage stellen. „Dein Kontostand?", wollte Konstantin wissen. Genoveva antwortete ehrlich und erzählte, dass Lorenzo sie monatlich unterstützte. „Ich bin dran! Dein letzter Sex vor mir!" Das Spiel gefiel Genoveva. „15. November, ein Tag, bevor du mir über den Weg gelaufen bist. Mit Mel", teilte Konstantin mit. „Gegenfrage! Dein letztes Mal vor mir!" Konstantin brachte Genoveva in Verlegenheit. Zögerlich erzählte sie von ihren erotischen Abenteuern mit ihrem Vibrator. „Lässt du mich mal zusehen?", fragte er ungeniert. Genoveva wurde feuerrot: „Ja. Äh. Das geht nicht, ich habe ihn nicht mehr." „Du lügst!", lachte Konstantin. Sie spielten bis weit in die Nacht hinein. „Hast du Lust, mit mir übers Wochenende zu verreisen? Ich dachte an einen Wochenendtrip mit dem Motorrad", fragte Konstantin. „Ich habe weder Helm noch Kleidung", sagte Genoveva. „Bekommst du von mir", Konstantin blieb beharrlich: „Wenn dir sonst keine Ausrede einfällt, dann hole ich dich am Freitagnachmittag um vier ab."

Er fing an, sie zu streicheln. Genoveva rückte ab und er zog sie wieder in seine Arme. Sie wand sich wie ein Aal und entwischte ihm. „Willst du nicht?" Er startete keinen neuen Versuch. „Äh. Ja. Ich glaube, ich muss morgen sehr früh raus", sie bemühte sich um eine unverfängliche Antwort. „Du hast deine …!" „Pst!" Genoveva hielt ihm den Mund zu: „Sprich es bloß nicht aus!" Er lachte und zog sie auf seinen Schoß: „Spielen wir altes Ehepaar und streiten." Sie schaute ihn ratlos an. „Ich komme nach Hause. Du bist wütend, weil ich zu spät bin." Er stand auf und verließ das Wohnzimmer. Kurze Zeit darauf hörte sie ihn rufen: „Hallo, Liebling! Was gibt es zu essen?" Er lehnte im Türrahmen und grinste. Genoveva hatte Hemmungen und sagte befangen: „Du bist zu spät. Ich habe alles aufgegessen." „Ungezogenes Fräulein! Dann wirst du mir jetzt ein Brot herrichten!" Konstantins scharfer Ton verschlug Genoveva die Sprache: „Hast du nicht gehört? Ich habe Hunger!" Sie war immer noch unschlüssig: „Dann, mein Lieber, musst du nächstes Mal einfach pünktlich zu Hause sein." „Du wirst mir nicht vorschreiben, wann ich daheim sein muss!" Er verschränkte die Arme und sein Tonfall wurde garstig. Genoveva stand auf. Sie fühlte sich beklemmt und sagte: „Hast du kein Handy? Hättest doch Bescheid geben können, dass es später wird." Er baute sich vor ihr auf: „Ja, was glaubst du denn? Meinst du, ich blamiere mich vor meinen Freunden, weil ich meiner Frau Rede und Antwort stehen muss?" Irgendetwas kitzelte Genoveva. Sie warf ihre Haare zurück: „Wenn du etwas zu essen gewollt hättest, dann hätte ein kurzer Anruf genügt!" „Das gehört sich nicht für einen Mann!"

Konstantin wurde laut. In Genoveva krabbelte langsam Ärger hoch: „Seit wann interessierst du dich für Manieren?" „Sofern sie angebracht sind, jeden Tag", Konstantin ging an ihr vorbei und rempelte sie an. „Schon wieder!", entfuhr es ihr: „Du kannst mich doch nicht einfach anrempeln und nichts sagen!" Er ließ sich auf die Couch fallen: „Was ist jetzt? Beweg dich!" Genovevas Herzschlag beschleunigte sich: „Wie wäre es mit einer Entschuldigung? Ich habe eine Stunde auf dich gewartet!" Er lachte selbstgefällig: „Schätzchen, du wirst noch viele Stunden auf mich warten." „Untertreib mal nicht! Du hast mich schon Wochen warten lassen!" Plötzlich fand Genoveva ein Ventil und sie schleuderte ihm entgegen: „Warum hast du dich nach unserem ersten Treffen so lange nicht gemeldet?" „Komm. Setz dich zu mir", sein sanfter Ton warf Genoveva aus der Bahn: „Bei der Podiumsdiskussion habe ich dich angerempelt, weil mein Freund die Masche vorgeschlagen hat." Genoveva kreuzte die Arme: „Das erklärt noch lange nicht, warum du mir nach meinem Vorstellungsgespräch als Putzfrau so lange nicht geschrieben hast." „Erinnerst du dich an das Telefonat? Ich musste für längere Zeit nach China. Glaub mir, es hat mir selber leid getan, dass ich mein Handy zu Hause vergessen habe." Sein entwaffnender Ton stimmte sie versöhnlich. „Du bist hübsch, wenn du wütend bist." Genoveva begriff, er hatte sie absichtlich aus der Reserve gelockt.

Kapitel 25

Stille: kein Anruf, keine Nachricht

„Die Thalbach-Zwillinge sind da! Kommt sofort Caro besuchen!", schrieb Soé in der dritten Augustwoche in die Nachrichtengruppe der Freundinnen. Sie hatte gerade ihren Nachtdienst angetreten, als Sam Caro mit Wehen einlieferte. „Erst, wenn sie da sind! Schreib erst, wenn sie gesund auf der Welt sind!", verlangte Caro von Soé. Nach sechs Stunden konnten Caro und Sam ihre Zwillinge in die Arme nehmen. „Sie heißen Frederik und Elena", sagte sie zu Soé: „Wenn du damit einverstanden bist." Caro überzeugte Sam, den Zwillingen die Vornamen zu geben, welche Soé und Jan damals für ihr Mädchen oder ihren Jugen ausgesucht hatten. Soé küsste Caro auf die Stirn: „Und ob ich das bin!" Frederik und Elena kamen beide kerngesund zur Welt und Caro ging es richtig gut. Genoveva traf als Erste im Krankenhaus ein. „Kommst du mich morgen noch mal besuchen? Ich bin so müde", Caro gähnte. Fieberhaft suchte Genoveva nach einer Ausrede. Sie würde nicht kommen, weil sie ja mit Konstantin einen Motorradausflug machen wollte. „Tut mir leid, meine Süße. Ich kann es dir nicht versprechen", log sie. Genoveva begann zu schwitzen. Zum einen wurde es ihr unter der Motorradkluft zu heiß in der Sonne, und zum anderen war Konstantin bereits eine dreiviertel Stunde zu spät. Sie versuchte, ihn anzurufen. Vergeblich. Langsam stand sie auf, um sich ein schattiges Plätzchen zu suchen. Sie hörte ein Motorengeräusch und ihre Miene hellte sich auf. Doch gekommen war nicht Konstantin, sondern Soé. Sie parkte in der Einfahrt und lief auf Genoveva zu. Erstaunt blickte sie Genoveva an, fragte aber nicht, warum die Freundin in Lederhose und Lederjacke steckte. „Ich komme von Caro. Ihre Zwillinge sind süß." Genoveva nickte. „Caro hat jetzt eine Zimmergenossin. Sie hat ein Mädchen bekommen." Genoveva nickte wieder. In Gedanken verstrickte sie sich in Ausreden, wie sie Soé loswerden konnte. Sie wollte nicht, dass sie von Konstantin erfuhr. „Ein Mann hat sie besucht. Angeblich der Vater", Genoveva konnte der Freundin nicht folgen. Alle paar Sekunden schaute sie auf ihr Handy. „Eine Sauerei ist das!" Soé schimpfte plötzlich wild drauflos. „Frau Stögen! So geht das nicht! Sie haben kein recht, sich in die Privatangelegenheiten der Patienten einzumischen!", äffte sie ihren Chefarzt nach. „Ich habe ihm zu einem Vaterschaftstest geraten. Stell dir vor, er war besorgt um das Kind, weil die Frau ihm gesagt hat, die Geburt musste eingeleitet werden. Der Termin wäre seit drei Wochen verstrichen." „Und?", erwiderte Genoveva genervt. „Die Frau hat zwei Wochen vor dem errechneten Termin entbunden! Und ganz natürlich! Ohne einleitende Maßnahmen. Er ist wahrscheinlich nicht der Vater und sie lügt ihn an!" Genoveva runzelte die Stirn: „Oh Gott, Soé! Was heißt das im Klartext?" „Die will den Mann übers Ohr hauen! Da darf man doch was sagen, oder?"

Genoveva war total aufgewühlt. Seit Soé gefahren war, überlegte sie, was mit Konstantin los war. Er kam nicht.

Auch kein Anruf und keine Nachricht. Viermal rief sie an und hinterließ ihm eine Nachricht auf der Mailbox. Ob ihm etwas zugestoßen ist? Sie entschloss sich, am Montagmorgen in seiner Firma anzurufen. Eine simple Auskunft würde sie gewiss erhalten. Tags darauf verabredete sie sich mit Jana: „Lass uns ausreiten. Ich brauche frischen Wind um die Nase." Schweigend ritten die Frauen nebeneinander her. Genoveva fühlte sich schuldig, weil sie absolut gar nichts zur Unterhaltung beisteuerte. Sie erkundigte sich nach Jakob. „Wir sind glücklich. Auf dem Hof läuft alles bestens. Aber das hast du ja vorhin selbst gesehen", Jana vermittelte den Eindruck, ebenfalls keine große Lust auf ein Gespräch zu haben.

Nach geraumer Zeit brach Jana das Schweigen: „Genoveva, ich muss dir etwas sagen." Bedrückt hielt Jana ihr Pferd an: „Ich habe ihn gesehen." „Wen?", fragte Genoveva sichtlich uninteressiert. „Den Mann, der dich am Flughafen geküsst hat", murmelte Jana. Genovevas Herz setzte einen Moment aus: „Wo?" „Ich stand mit Caro und Sam vor der großen Glasscheibe. Du weißt schon, die Scheibe, die den Blick in das Säuglingszimmer freigibt. Er hatte ein Baby auf dem Arm." Genoveva schluckte, aber sie sagte kein Wort. Zurück am Hof übergab sie ihr Pferd Jakob und wollte nach Hause fahren. „Warte!" Jana hielt sie zurück: „Trinken wir einen Kaffee." Wortlos folgte Genoveva Jana ins Hofcafé. Gedankenverloren ließ sie sich auf einen Stuhl nieder. Gerade in dem Moment, als Jana mit zwei Kaffeetassen an den Tisch kam, schrie Genoveva plötzlich auf: „Igitt! Was ist das?" Sie spürte, wie etwas ihre Wade hochkrabbelte. Entsetzt schüttelte sie ihr Bein. „Es hat mich gebissen!" Angewidert versuchte Genoveva, das unbekannte Tier unter ihrer Hose loszuwerden. „Stopp! Bitte nicht! Das ist mein Jalup!" Ein kleines Mädchen rannte herbei und versuchte, Genovevas Bein festzuhalten. Sie fasste mit ihrer Hand unter das Hosenbein und zog. „Au!", schrie Genoveva und sie spürte, wie sich Krallen in ihr Schienbein bohrten. „Da bist du ja!" Ohne sich weiter um Genoveva zu kümmern, hob das Mädchen das rattenähnliche Tier hoch und verschwand. Genoveva zog die Hose hoch: „Ich blute. Die Ratte hat mich gebissen!" „Das war ein Frettchen. Bist du gegen Tetanus geimpft?", wollte Jana wissen. „Keine Ahnung", Genoveva graute es. „Los. Du brauchst vorsichtshalber eine Tetanus-Impfung", Jana bewegte Genoveva aufzustehen.

„So, so. Ein Frettchen hat Sie gebissen." Der amüsierte Gesichtsausdruck des Arztes fiel Genoveva nicht auf. Über eine Stunde saß sie in der Notaufnahme. Das Warten war ihr egal. Auch, dass Jana gegangen war, um Caro zu besuchen, machte ihr nichts aus. So konnte sie wenigstens versuchen, über Konstantin und das Baby nachzudenken: „Spielt er ein doppeltes Spiel?" Erst der Arzt riss sie aus ihren Gedanken. „Es tut mir leid. Steht mir nicht zu, mich über Sie lustig zu machen." „Was?" Genoveva hatte nicht zugehört. „Ihr Frettchenbiss", wiederholte er. „Ach so. Ja. Blöd gelaufen." Sie antwortete bruchstückhaft. „Sie müssen sich keine Sorgen machen", beruhigte sie der Arzt. „Gut." Genoveva stand auf und wollte gehen. „Halt! Die Spritze muss ich Ihnen schon geben!" Er hielt sie am Arm fest: „Was geht in Ihrem hübschen Kopf vor?" Genoveva blickte auf und sah dem Arzt zum ersten Mal in die Augen. Ihr stockte der Atem: Ein Abbild von Lorenzo! Sein blondes Haar war leicht zerzaust und deutlich kamen seine Grübchen zum Vorschein, als er sie anlächelte. Sie sagte nichts und setzte sich wieder hin. „Falls Sie Ihre Sprache wiederfinden, beantworten Sie mir dann eine Frage?" Sie starrte den Arzt an und brabbelte: „Ja. Natürlich."

„Hiergeblieben! Verdammt noch mal, Yvi! Bleib stehen!" Genoveva hörte Janas Rufe aus dem Gang. Die Türe zu ihrem Behandlungszimmer stand einen Spalt breit offen und Yvi schwirrte herein: „Ich kann nichts dafür! Ich wusste nicht, dass Sarah zur gleichen Zeit entbindet wie Caro!" „Aber dass du dich an ihr Bett stellst und gratulierst, das hättest du nicht tun dürfen!" Jana war völlig außer Atem. „Ich habe es ehrlich gemeint." Yvi stellte sich schutzsuchend hinter Genoveva: „Dass die völlig austickt und die gesamte Station zusammenschreit, das konnte ich doch nicht ahnen." „Und das Küsschen für Franco? Was sollte das?" Jana war selten so außer sich wie heute. „Das ist mir so rausgerutscht!" Yvi pochte mit ihrer Hand auf Genovevas Schulter. „Hey! Sag mal, spinnst du?", mischte sich Genoveva in die Unterhaltung. „Oh. Ja. Nein, natürlich nicht. Tut mir leid." Yvis Augen schossen Blitze Richtung Jana. „Die Damen. Ich störe die Unterhaltung recht ungern. Nur hier sitzt eine schöne Frau, die braucht eine Tetanusspritze." Den Arzt hatten die Frauen völlig übersehen. Entschuldigungen stammelnd verließen Yvi und Jana das Behandlungszimmer. „Frau Agstein, befriedigen Sie meine Neugierde. Lassen Sie mich nicht unwissend

sterben. Ich brenne darauf, zu erfahren, was hier los ist."
Schmunzelnd gab er Genoveva die Krankenkarte zurück.
Sie schaute ihn entschlossen an: „Sagen Sie, wie wäre
es morgen Mittag. Hier in der Cafeteria vom Krankenhaus?" „Gerne. Ich erwarte Sie Punkt 12 Uhr." Der Arzt
verpasste ihr die Spritze und Genoveva ging.

Kapitel 26

Die Ruhe vor dem Sturm

In der zweiten Septemberwoche saßen die Freundinnen bei ihrem Lieblingsitaliener. „Caro kommt nicht. Aber sie hat mir ihren Zettel per Post geschickt", entschuldigte Genoveva die frischgebackene Mama. „So altmodisch? Zeig her." Yvi hob die Hand. „R für Religion. Caro und Sam laden ein zur Taufe von Frederik und Elena. 15. Oktober, 10 Uhr in der Gefangenenkapelle." „Sie hat einfach einen Hang zum Dramatischen." Yvi reichte den Zettel weiter. „Dein Geburtstag, Genoveva, gehst du hin?", wollte Jana wissen. „Sicher. Bei der Taufe zweier Kinder wird mich sicher kein Stripper zum Tanz auffordern." Die Frauen lachten. Soé öffnete ihren Zettel. Es stand nichts drauf. Sie hatte einen Regenbogen gemalt: „Jan und ich, wir haben unsere Vergangenheit gründlich aufgearbeitet. Für unser künftiges Kind haben wir jetzt einen neuen Umschlag in der Kapelle versteckt. Wir haben einen Regenbogen aufgemalt. Er symbolisiert den Weg unseres Kindes und baut zugleich eine Brücke zwischen mir und Jan." So bitterernst kannten die Freundinnen Soé nicht. Und Yvis Witz: „Na ja. Solange wir den Umschlag nicht wieder suchen müssen und dafür vielleicht ins Gefängnis wandern", kam nicht an. „Sorry, tut mir leid. Jedenfalls passt mein Zettel dann für diesen Satz auch." Yvi las vor: „Radiergummi". Jana rollte mit den Augen. „Ja, ich weiß.

Ich habe mich extrem danebenbenommen im Krankenhaus", gab Yvi zu. Franco konnte Sarah nicht beruhigen. Die Ärzte verabreichten ihr ein Medikament, als sie zu hyperventilieren begann. Yvi erteilten sie Hausverbot, jedenfalls solange Sarah im Krankenhaus lag. „Ehrlich, Mädels. Ich würde gerne einiges ausradieren." Yvi schaute in die Runde. „Was ist mit deinem Sabbatical?" Genoveva und die anderen wussten, dass Yvi wie gelähmt war, dass sie außer nichts und wieder nichts gar nichts machte. Sie hockte zu Hause, tradete und häufte noch mehr Geld an. Und sie traf keine Männer mehr. „Ich glaube, ich bin frigide geworden", befürchtete Yvi. „Yvi Ahrend! Ich erwarte dich morgen um 9 Uhr auf dem Hof!" Verdutzt starrte Yvi Jana an: „Ein Pfarrer möchte aus meinem Feldweg so eine Art Bibel- oder Pilgerweg bauen", erzählte Jana: „Horti amoris oder so ähnlich." Genoveva kicherte: „Da ist Yvi gut aufgehoben!" „Haha. Der meint mit Gärten der Liebe bestimmt keine körperliche Liebe." Yvi gefiel der Vorschlag und sie bat Jana, das genauer zu erklären. „Er hat mich um ein Stück Land gebeten. Er will einen Bibelgarten anlegen, mit Pflanzen und all so was. Er schafft das nicht alleine." „Okay, ich schau mir das mal an." Insgeheim freute sich Yvi, endlich eine Aufgabe in Aussicht zu haben. Jana ergänzte: „Jakob wird euch helfen. Und, er redet neuerdings! Ja, R wie reden, reden reden!" Soé fragte nach: „Wie das jetzt? Du sagtest doch, er ist stumm?" „Er hat plötzlich damit angefangen. Und hört hoffentlich nicht auf damit. Er sagt mir so liebe Sachen!" Jana war glücklich: „Aber nun zu unserem Schreiberling, Genoveva, wo ist dein Zettel?" „Rom(anze)". Wortlos reichten die Frauen den Zettel reihum. „Ich sagte doch, ich will nach Rom. Und das in Klammer, ja, mit ein wenig Glück ist das die Dreingabe." Genoveva hatte sich entschlossen, den Freundinnen gegenüber offen zu sein. Also erzählte sie von Gideon, dem Arzt, der sie nach ihrem Frettchenbiss behandelt hatte.

Kapitel 27

Amore in Roma

Genoveva stand in ihrem Hotelzimmer und blickte aus dem Fenster. Sie konnte den Petersdom sehen. Es klopfte. „Komme!", rief Genoveva und öffnete Gideon. „Freust du dich auf die Katakomben?" Er gab ihr einen Kuss auf die Stirn. Genoveva war tatsächlich, einen Tag nach ihrer unliebsamen Zusammenkunft mit dem Frettchen, zum Kaffeetrinken in die Klinik gefahren. Sie hielt die Verabredung mit ihrem Arzt ein. „Langweilig wird es bei euch nicht, mh?" Gideon erzählte ihr, wie schnell die Szene auf der Entbindungsstation die Runde gemacht hatte. Vor allem die Verfolgungsjagd von Jana und Yvi. Genoveva machte sich nicht die Mühe, Yvis Verhalten zu entschuldigen. „Wow. Ihr seid ein wilder Haufen." Gideon brauchte einige Sekunden, um das Gehörte zu verdauen. Genoveva erzählte ihm die Wahrheit. Die Treffen dehnten sich aus. Bis Caro entlassen wurde, war Genoveva jeden Tag im Krankenhaus. Und jeden Tag traf sie Gideon Roloff. Er war charmant, gebildet und gutaussehend. Und er erinnerte Genoveva an Lorenzo. Sie liebte die Gespräche mit ihm. Außerdem lenkte er sie von Konstantin ab. Sie hatte nichts mehr von ihm gehört. Nachdem Jana ihr von Konstantin und dem Baby erzählt hatte, rief sie auch nicht in seiner Firma an. Sie verbot sich jeden Gedanken an ihn. Nur nachts, da war er da. Anfangs wachte sie oft schweißgebadet auf. Nacht für Nacht traf sie ihn und erlebte jedes ihrer Spiele wieder und wieder. Manchmal träumte sie völlig wirres Zeug, aber nie ohne Konstantin. Die Reise war Genovevas Idee: „Lass uns verreisen." Perplex über ihre eigene Spontanität, überraschte sie seine Antwort: „Ja. Machen wir eine Reise nach Rom." Sie marschierten schnurstracks in ein Reisebüro und buchten eine Gruppenreise, jedoch Einzelzimmer. Gideon schien perfekt. Seine vornehme und höfliche Art begeisterte Genoveva, und sie hing an seinen Lippen, wenn er erzählte. Sie hakte sich bei ihm unter. Ohne die Gruppe wollten sie die Katakombe der Heiligen Marcellinus und Petrus besichtigen. „Gib mir deine Hand. Nicht dass ich dich hier im unterirdischen Bestattungsareal verliere." Genoveva gab Gideon die Hand. „Enthauptung muss ein grausamer Tod sein", flüsterte sie. Sie standen in einer Grabkammer. Gideon stellte sich hinter Genoveva, legte die Arme um sie und sagte ganz nahe an ihrem Ohr: „Manche Menschen glauben, dass drei Minuten nach der Enthauptung die Großhirnzellen sterben und nach acht Minuten der Tod eintritt. Der Hirntod tritt nicht sofort ein. Ist die Blutzufuhr wegen des durchtrennten Rückenmarks unterbrochen, sind Tastsinn und Motorik gestört. Hirnfunktionen und Augen- und Hörnerven sind noch intakt." Genoveva fröstelte. Sie wusste nicht, ob das wahr war. Schutzsuchend lehnte sie sich an seine Brust. Er spielte mit ihren Haaren und hauchte ihr einen Kuss auf den Nacken. Eine Gänsehaut überzog Genoveva. Erregte oder gruselte es sie?

„Wie war der Sex?", Soé konnte ihre Neugierde nicht

verbergen. Genoveva hatte kaum ihre Reisetasche in die Ecke gestellt, als die Freundinnen an der Türe klingelten. Jana, Yvi und Caro hielten ihr ebenfalls ihre Zettel unter die Nase: „Sex". „Hallo. Kommt herein. Ich freue mich auch, euch zu sehen." Genoveva ging voraus in die Küche. Sie servierte Kaffee und Kuchen. „Jetzt mach es nicht so spannend!" Caro verrührte Milch und Zucker. „Wir haben nicht miteinander geschlafen", sagte Genoveva. „Oh. Warum nicht? Hat er ein Problem?" Soé schaute Genoveva mitleidig an. „Nein! Also das geht schon." Verlegen stopfte sich Genoveva ein Stück Kuchen in den Mund. „Dann habt ihr rumgemacht wie Teenager?", kicherte Jana. „Ja. Nein. So kann man das auch nicht sagen", brabbelte Genoveva, noch bevor sie hinutergeschluckt hatte. „Ich weiß es! Du hast ihn heimlich beim Wichsen beobachtet!", posaunte Yvi. Genoveva verschluckte sich: „Was denkst du? Natürlich nicht!" Warum Genoveva nicht mit Gideon schlafen wollte, das wusste sie selber nicht. Allabendlich waren sie in Cafés gesessen, hatten Wein getrunken und sich unterhalten. Gideon brachte Genoveva bis zur Zimmertüre, flüsterte ihr ins Ohr: „Gute Nacht, meine Schöne!", drückte ihr einen Kuss auf die Stirn, streichelte ihre Wange und ging. Am letzten Abend nahm er ihr Gesicht in beide Hände, küsste sie leidenschaftlich und sie konnte deutlich seine Erregung spüren. Sie erwiderte seinen Kuss. Es fühlte sich gut an. Ein Gefühl von Geborgenheit breitete sich in ihr aus. Sie sehnte sich danach, in seinen Armen einzuschlafen. Zu mehr war sie nicht bereit. Doch zu sagen traute sie sich das nicht. Gideon spürte ihre Unsicherheit: „Sag es,

wenn du so weit bist." „Kann er zur Taufe mitkommen?",
fragte Genoveva und schaute Caro an: „Herzlich gerne!"
„Mein Sabbatical entwicklelt sich." Yvi zeigte ihre Hände:
„Die körperliche Arbeit tut mir unendlich gut!" Von den
sonst perfekt lackierten Nägeln war nichts zu sehen: „Die
Schrunden vergehen hoffentlich wieder." Jana lachte:
„Der Pfarrer und Yvi sind wie Himmel und Hölle." „Der
meint, weil er einen Draht nach oben hat, dass er ständig recht hat", verteidigte sich Yvi, „aber das Beet für den
Bibelgarten nimmt Formen an." Die Freundinnen hörten
Yvi gerne zu. Sie fand allmählich ihr Gleichgewicht.
Yvi und Pfarrer Peter Schneider hatten das Stück Land
auf Janas Hof bereits umgegraben und die ersten Pflanzen gesetzt. Ob das Olivenbäumchen davonkommen
oder der Klatschmohn aufgehen würde, das konnte Yvi
nicht sagen. Sie zeichnete den Freundinnen schemenhaft
den Garten auf ein Blatt Papier und tippte mit dem Finger
in eine Ecke: „Hier sollen Steine hin, weil Gott uns auf-
fordert, lebendige Steine zu sein." Entspannt lehnte sich
Yvi zurück, faltete die Hände und erklärte des Pfarrers
Absicht: „Der Garten soll den Menschen religiöse Wur-
zeln geben, oder so ähnlich." Sie lachte: „Der Pfarrer hat
meinen Apfelbaum wieder ausgegraben." Er war total
wütend: „Frau Ahrend! Haben nun Sie oder ich Theolo-
gie studiert? Es ist umstritten, ob in der Bibel ein Apfelbaum vorkommt!", zitierte Yvi den Geistlichen. „Und?
Wer hat recht bekommen?", hakten die Mädels nach.
„Eva hat doch auf die böse Schlange gehört und Adam
die Frucht vom Baum der Erkenntnis gegeben. Könnte ja
ein Apfel gewesen sein. Und deswegen sind sie auch aus

dem Paradies geflogen, weil Gott es nicht erlaubt hatte, diese Früchte zu essen." Yvis Geschichte erheiterte die Frauen. „Recht bibelsicher hörst du dich nicht an", Caro streckte sich und unterdrückte ein Gähnen. „Sorry, die Zwillinge gönnen mir zu wenig Schlaf." „Na hört doch mal! Wer von uns kennt keine hinterlistige Schlange? Oder ganz direkt: Wer nascht nicht gerne mal etwas Verbotenes?" Yvi griff erneut zum Stift und malte ein Kreuzchen auf das Blatt Papier: „Der Apfelbaum steht hier. Wir haben ihn wieder eingepflanzt." „Er hat einfach so nachgegeben?", Jana zog die Augenbrauen zusammen. Pfarrer Peter Schneider war bekannt als konservativer Geistlicher und noch mehr dafür, dass er sich in nichts hineinreden ließ. „Ich habe ihm gedroht, dass ich an Ort und Stelle beichten will!" Yvi stemmte die Hände in die Hüfte und machte den Pfarrer nach: „Bitte, Frau Ahrend, verschieben wir Ihre Beichte auf ein andermal. Das wird mir heute zu viel!" „Hast du wirklich gebeichtet?", Soé blieb der Mund offen stehen. So viel Ehrlichkeit hätte sie Yvi nicht zugetraut. „Ja. Aber schon vor ein paar Wochen. Er meinte, ein Beichtgespräch würde mir den Einstieg in mein Sabbatical erleichtern." „Was hat er dir zur Buße aufgetragen?", Genoveva kicherte. Der Gedanke, wie Yvi dem Pfarrer von ihren Männergeschichten erzählte, brachte schließlich alle Frauen zum Lachen. „Oh ja! Das war zu komisch!", Yvi prustete los und vor lauter Lachen verstanden die Freundinnen nur die Hälfte. Yvi trank einen Schluck Wasser. Ihre Erlebnisse brachten den Pfarrer mächtig ins Schwitzen. Als sie von einem Mann erzählte, den sie in der Umkleidekabine im Hallenbad gefickt hatte und dessen Namen sie nicht kannte, bat er um eine Unterbrechung. „Jedenfalls, wir raufen uns zusammen." Yvi klopfte mit den Fingerknöcheln auf den Tisch: „Seine stockkonservativen Ansichten schaden mir nicht. Wahrscheinlich habe ich in der letzten Zeit wirklich übertrieben." An Caro gewandt sprach sie weiter: „Ich habe Pfarrer Schneider überredet, die Zwillinge in der Gefangenenkapelle zu taufen!" „Du bist die Beste!", rief Caro und fiel Yvi um den Hals. Bisher waren ihre Mühen erfolglos geblieben, einen Geistlichen zu finden, der die Kinder im Wald taufen würde. „Weiß er, dass wir die Kapelle in Gefangenenkapelle umgetauft haben?", schmunzelte Soé.

Kapitel 28

Die Gedanken tanzen

Genoveva musste sich beeilen. Heute taufte Pfarrer Peter Schneider die Zwillinge. Sie war auf dem Sprung, Gideon abzuholen. Sie musste lächeln. Er hatte schnell gemerkt, dass sie seine Geschichten liebte. Nahezu täglich servierte er ihr Abenteuer, Schicksale oder Romanzen. Ob sich diese tatsächlich zugetragen hatten oder ob Gideon sie erfand, das war ihr egal. Sie mochte ihn. Schade, dass sie nicht mehr für ihn empfinden konnte. Ihm ging es allerdings genauso. Obwohl es ihr anfangs nicht schmeichelte, dass er eine Beziehung ausschlug, tröstete es sie mittlerweile. Mit Gideon hatte sie einen richtig guten Freund gewonnen. Er trauerte um seine verstorbene Frau. Genoveva sollte ihn ablenken. Seine Befürchtungen, sie könnte sauer sein, konnte sie zerstreuen. Anfangs war er für sie auch nur Ablenkung von Konstantin gewesen. Aber das hatte sie verschwiegen.

Genoveva wollte gerade das Haus verlassen, als sie auf einen Briefumschlag trat. Sie hob ihn auf und las den Absender: „Seemann". Sie erstarrte. Die Tasche fiel ihr aus der Hand. Eben hatte sie es noch eilig gehabt, Gideon abzuholen. Sie sank auf die Eingangsstufen und drehte den Brief, adressiert an „Meerjungfrau", in ihren Händen. Ihr Herz raste: Konstantin! Sie öffnete den Brief und zog eine blaue Karte heraus:

Liebste Meerjungfrau, geliebte Genoveva,
kein Wort entschuldigt mein Verhalten. Mit keinem Wort
ließ ich dich die vergangenen Wochen an meinem Leben
teilhaben. Geschriebene Worte sagen dir, warum ich dich
alleine gelassen habe. Anfangs verliebte ich mich in die
Leichtigkeit der Spiele mit dir. Spielend dem Alltag entfliehen, keine Verantwortung, keine Fragen. Das Gefühl,
frei zu sein und trotzdem abenteuerliche Fantasiereisen
mit dir als Partnerin zu haben, beflügelten mich. Deine
Unsicherheit, manchmal Angst, blähten mein männ-
liches Ego auf. Aber mit jedem Spiel wuchs auch mein
Beschützerinstinkt dir gegenüber. Meine Verliebtheit in
die Leichtigkeit schlug um in Liebe zu dir. Ich habe dich
verletzt. Bitte, lege den Brief nicht beiseite und lies ihn bis
zum Ende.
Ein Freitag sollte mein Leben aus der Bahn werfen. Auf
dem Weg zu dir, voller Freude auf das bevorstehende
Wochenende, erhielt ich einen Anruf. Mel, die Frau, mit
der ich zum letzten Mal vor dir Sex hatte, sagte: „Konstantin. Du bist Vater geworden. Mir geht es nicht gut. Die
Geburt musste eingeleitet werden. Dein Mädchen kam
mit erheblicher Verspätung auf die Welt." Ich ließ alles
stehen und liegen. Die Berechnungen in meinem Kopf
überschlugen sich und ich kam zu dem Ergebnis: „Ja. Ich
bin der Vater." Ich war so verwirrt, dass ich ganz vergaß,
dir wenigstens abzusagen. Im Krankenhaus nahm ich das
Mädchen auf den Arm, väterliche Gefühle stellten sich
nicht ein. Ich fühlte mich völlig fehl am Platz, wohl auch
weil ich in meiner Motorradkluft fürchterlich schwitzte.

Ich schämte mich, kein besserer Vater zu sein. Besorgt um das Wohlergehen des Kindes erkundigte ich mich, ob es Schaden genommen hat, weil es verspätet auf die Welt gekommen war. Eine Krankenschwester schubste mich in die richtige Richtung: „Machen Sie einen Vaterschaftstest!", flüsterte sie mir heimlich ins Ohr. Mein Freund Sven riet mir ebenfalls dazu. Mein bester Freund Bernd schalt mich einen verantwortungslosen Rabenvater. In unzähligen Gesprächen versuchte er, mir den Vaterschaftstest auszureden. Auch Mel fühlte sich beleidigt. Ich beauftragte meinen Anwalt. Das Ergebnis liegt mir vor. Ich bin nicht der Vater von Mels Mädchen. Zeitgleich erteilte ich einem Privatdedektiv den Auftrag, Mel zu beschatten. Bernd ist der Vater. Gewissheit habe ich seit heute. Der Albtraum hat ein Ende. Ich bin aufgewacht und schreibe dir diesen Brief. Liebste Genoveva, kannst du mir verzeihen?

Dein Seemann. In Liebe, Konstantin

ENDE TEIL I

Und so geht es weiter …

… als Yvi das beharrliche Schweigen brach: „Ich habe ein Modelabel kreiert!" Die Frauen nickten. Keine rollte die Augen, machte eine abwertende Geste oder posaunte eine blöde Bemerkung aus. Pfarrer Schneider saß in der Ecke, blätterte in einer Zeitschrift und beobachtete sie aus dem Augenwinkel. Yvi schob das Geschirr beiseite und legte ein Bild auf den Tisch.

©Christel Schuster

„Schön", „Äh. Ja, sehr elegant", die Frauen studierten mit aufgesetzter ernster Miene die Grafik und taten begeistert: „Schwungvolle Linien", „Tolle Farbakzente." In der Ecke lachte Pfarrer Schneider: „Yvi! Spannen Sie die Frauen nicht länger auf die Folter!" Yvi strich mit dem Zeigefinger über die Grafik und erklärte: „Es stellt ein Kreuz dar. Das mittige I sowie das seitliche B und C bedeuten: ‚Ich bin Christ'." Die Frauen beugten sich erneut über die Grafik und jede wollte vertuschen, dass ihr der Sinn verwehrt blieb. Yvis nächster Satz schockte alle: „Wir fünf machen eine Pilgerreise und tragen Kleidung mit dem Emblem. Ein Fernsehteam dokumentiert die Pilgerreise. Es geht darum, Christen zu motivieren, ihren Glauben offen zu zeigen." Jede ließ sich in ihren Stuhl zurückfallen und jede stöhnte.

Caro fing sich zuerst: „Verzeihen Sie Herr Pfarrer, aber bitte halten Sie sich die Ohren zu." An Yvi gewandt sagte sie: „Deine Idee in allen Ehren. Aber das wir die Marke bekannt machen, das halte ich für ausgeschlossen." Soé pflichtete Caro bei: „Ich sehe das genauso. Stell dir nur mal vor, es sieht uns wer im Fernsehen, der uns von früher kennt." Jana ließ ihre Finger ineinander gleiten: „Yvi, erkläre doch bitte den Sinn hinter deinen Gedanken. Mich interessiert das durchaus." Der unerwartete Rückenwind spornte Yvi an: „Früher lebten die Menschen ihren Glauben aktiv und scheuten sich nicht, ihn der Welt zu zeigen." Caro unterbrach Yvi: „Sicher. Nur sollten das nicht wir sein." Verlegen schaute sie zu Pfarrer Schneider: „Könnten Sie uns bitte mit Yvi alleine lassen?" „Er bleibt", Yvi verschränkte die Arme und Pfarrer Schneider glitt in seinen Stuhl zurück.

Soé nestelte nervös an ihrer Bluse und flüsterte: „Ich habe so viele Männer gebumst, ich weiß nicht mal mehr alle Namen! Wenn mich da einer im Fernsehen sieht, dann kannst du garantiert darauf wetten, dass einer einen blöden Spruch in sozialen Netzwerken postet! Und du warst doch kein Gramm besser!" „Aber seit du dich mit Jan versöhnt hast, bist du doch treu!", Yvi gab nicht auf. „Und abgetrieben hat Soé auch. Außerdem bin ich nicht scharf darauf, dass Sams und meine Swinger-Club Abenteuer ans Licht kommen!", Caros Haut rötete sich und sie fing an zu schwitzen. „Aber du bist doch auch sozial engagiert in der Flüchtlingshilfe und Knochenmarkspende", hielt Yvi entgegen. „Frag Jana und Genoveva", Caro wehrte ab „Ich lebe in einer wilden Ehe mit einem ehemaligen Kriminellen", Janas zusammengekniffene Augen verrieten, dass sie die Sache plötzlich anders sah...